Caroline e a Fruta da Verdade

Paulo Henrique Shadow

Caroline e a Fruta da Verdade

25º Livro

Ouro Fino-MG
Edição do Autor
2022

S524 Shadow, Paulo Henrique

Caroline e a Fruta da Verdade

Independently published, 1. ed. - Ouro Fino, Edição Independente, 2022.

143p.; 15x21cm.

Inclui Bibliografia.

ISBN: 978-65-00-88409-8

1. Capítulo 1, 2. Capítulo 2, 3. Capítulo 3..
    I. Título.

CDD 028.5

Introdução

Caroline é uma menina curiosa e cheia de coragem, sempre acompanhada de seu melhor amigo, Fofinho, um hamster tão pequeno quanto valente. Quando um pintinho amarelinho desaparece misteriosamente da fazenda, ela e Fofinho partem em uma busca que os leva a uma descoberta surpreendente: um reino encantado escondido bem ali, no lugar onde vivem!

Mas o mistério não para por aí. Além de encontrar o pintinho perdido, Caroline descobre que uma menina incrivelmente parecida com ela também está desaparecida, e a bondosa Rainha do Reino está gravemente doente. A única salvação é a lendária Fruta da Verdade, um tesouro que ninguém conseguiu encontrar há gerações.

Entre aventuras mágicas, novos amigos e segredos intrigantes, Caroline terá que ser mais esperta do que nunca para desvendar os mistérios do reino. Tudo isso sem preocupar seus pais e mantendo vivos os preciosos ensinamentos da querida vovó Lurdes, sua grande inspiração. Uma história cheia de magia, coragem e lições para o coração!

Sumário

Caroline e seus pais dão as boas vindas a essa aventura!

Capítulo 1
Onde estamos?!

Em uma fazenda em algum lugar do sudeste do Brasil, morava Caroline, uma menina grande para os seus oito anos e muito inteligente, segundo a professora da sua escolinha. Caroline é morena clara, cabelo encaracolado, sempre estava com duas tranças no alto da cabeça, sempre sorrindo com os dentes branquinhos, olhos grandes bem castanhos e, vire e mexe, estava com os joelhos ralados por algum acidente que sua mãe teimava em dizer que era travessura!

A menina Caroline gostava muito do seu vestido verde com flores rosas e das sandálias bem confortáveis para brincar e correr. Se sua mãe não a obrigasse a vestir outras roupas às vezes, ela passaria a semana toda com sua roupa favorita. Esta roupa ela tinha ganhado de sua avó, Lurdes! A vovó Lurdes era uma negra baixinha que andava de bengala e gostava de dar doces e contar histórias para sua neta! As duas eram as melhores amigas do mundo inteiro. Quando uma visitava a outra, era festa com certeza. A mamãe de Caroline às vezes ficava enciumada e brigava com as duas, as fazendo morrer de rir enquanto faziam caretas fingindo estar com medo. Era muito divertido com a vovó e, sem dúvida, se pudessem, ficariam juntas para sempre! Caroline não tinha a pele escura como a vovó e ela tinha curiosidade em saber o porquê! A vovó tentou explicar algumas vezes e, mesmo assim, ela ainda tinha dificuldade de entender! A vovó teve uma filha com o vovô e ele era branquinho como a neve! Depois, a mamãe da Caroline também casou com um homem branquinho e assim nasceu Caroline com a pele mais clara por causa da mistura que já vinha desde sua vó! Mesmo com estas explicações, Caroline continuava curiosa e a vovó falou que ela estudaria sobre isto na escola e era para ela ter paciência.

Caroline gostava de animais! Na fazenda, tinham muitos, de todos os tamanhos e tipos. O que ela lembrava quando falava para as amiguinhas da escola era que tinha cavalo, vaca, cabrito ou cabra, coelho, galinha, pato, cachorro, gato, porquinho e muitos pássaros, mesmo que, se ela fosse falar o nome de todos, levaria um mês inteirinho. Caroline tinha muitas amigas na escola e todas gostavam dela. A professora falou na reunião que Caroline era, sem dúvida, muito inteligente e muito comunicativa, o problema é que às vezes ela se distraía muito e isto atrapalhava os ensinos. Neste dia, Caroline não entendeu direito o problema que a professora falava que ela tinha porque ela estava tentando entender e explicar para si mesma por que as teias de aranhas tinham desenhos tão complicados e se eram as aranhas mesmo que faziam todo o trabalho e não uma costureira. Caroline também falava do seu hamster, seu bichinho e amigo, o Fofinho, assim que ele foi batizado. Fofinho morava numa gaiola onde tinha uma roda que era para ele fazer exercícios e ficava no quarto junto com Caroline. Quando não tinha muita coisa para fazer, ou melhor, para dormir, Fofinho e Caroline conversavam bastante sobre tudo que aconteceu no dia, principalmente na escola, onde Fofinho escutava com atenção, já que ele não podia ir à escola também.

O papai de Caroline trabalhava o dia todo e cuidava dos animais! Quando ele chegava do trabalho, era abraço com beijinho de saudades! Também brincavam bastante quando dava tempo antes de a mamãe os chamar para comer. Um dia, o papai falou para Caroline que ela salvaria o mundo e sorriu, dizendo que estava orgulhoso de ter uma filha tão forte! Caroline sentiu-se orgulhosa e correu para falar para o Fofinho sobre ela ser forte!

Em um final de semana, o papai de Caroline teve que ir à cidade grande buscar algumas coisas e ficaria uns dois dias fora de casa. A mamãe então ficaria atarefada, como já tinha acontecido em outras vezes, e Caroline sabia que ficaria só ela e Fofinho para conversar! Papai e mamãe tinham dado algumas tarefas para Caroline poder ajudar, como tratar de alguns animais e guardar as galinhas no final da tarde! Como Caroline estava ficando grandona, já começava a trabalhar igual aos pais! Mostrando-se muito orgulhosa do serviço que ia fazer, já ficava de prontidão para correr e deixar tudo pronto. No sábado, depois do almoço, Caroline, como não tinha nada para fazer, falou que ia vigiar as galinhas que estavam de alguma forma indo para a horta da mamãe, mesmo elas cercadas. O papai só conseguiria ver onde estavam invadindo quando voltasse. Caroline pegou o Fofinho para os dois ficarem juntos vigiando e conversando. Assim, nenhum dos dois se sentiria sozinho naquele dia.

Caroline se aconchegou perto de uma árvore, colocou a gaiola do Fofinho do seu lado e começaram a vigiar as galinhas e conversar sobre coisas de escola. Enquanto conversavam, Fofinho parecia olhar para o alto, lá para o céu, e Caroline foi olhar também! No céu azul, tinham algumas nuvens passeando devagar e pareciam formatos de desenho. Uns pareciam ursos, outros pareciam pássaros e até às vezes pareciam uma grande baleia.

Caroline lembrou que sua vó um dia lhe falava quando estavam em uma praça tomando sorvete que toda vez que ela olhava para o céu, ela lembrava das aventuras de criança. Então, a vovó contava sobre rainhas, castelos, um menino que voava e sobre várias coisas divertidas. Era o momento em que a vovó contava muitas histórias e dizia ter saudades de quando era criança. Caroline dizia que a vovó parecia criança e era gostoso brincar com ela! A vovó Lurdes sorria e passava a mão no rosto da neta com um olhar distante e cheio de saudades. Então, ao olhar para o céu, Caroline imaginava rainhas, animais e brincadeiras. Estava divertido olhar para o céu e descobrir quais novos desenhos as nuvens se formavam até que Caroline levou um susto quando ouviu alguém chamando sua atenção!

_ Você não devia vigiar as galinhas?! Eu preciso saber onde está um dos meus filhinhos! _ Falou uma galinha vermelha para Caroline!

_ Seu filhinho?! Os pintinhos?! _ Respondeu Caroline!

_ Sim! Meus pintinhos são doze ao todo e só estão onze aqui! Está vendo?!

_ Então você tinha uma dúzia de pintinhos, né?! _ Falou Caroline como um verdadeiro detetive!

_ O que é uma dúzia?! _ Perguntou a galinha curiosa.

Caroline prometeu que vai encontrar o pintinho amarelinho!

_ Uma dúzia são doze coisas e meia dúzia são seis coisas! Aprendi na escola esta semana!

_ Então eu tinha uma dúzia de pintinhos e não tenho mais! Um sumiu e quero ter uma dúzia de novo! Você pode me ajudar?! _ Perguntou a mamãe galinha!

_ Claro! Vou procurar já! Onde você o viu pela última vez?!

_ Ali! Perto daquele riacho! Estava conversando com seus amiguinhos patos e depois vi que os patos voltaram lá para o outro lado no laguinho e meu filhinho ficou bebendo água! Quando fui ver de novo, não estava mais lá. Chamei e ele não apareceu!

_ Me solte que eu também posso ajudar a procurar! _ Falou Fofinho, mostrando estar disposto a trabalhar!

_ Fofinho?! Você quer me ajudar a encontrar o filhinho desta galinha?! Legal! Toda ajuda é bem-vinda agora!

Depois de solto, Fofinho e Caroline foram até perto do riacho e começaram a procurar!

_ Não vejo pegadas e nem uma pista de onde o pintinho possa ter ido, Fofinho! Vou chamar este pintinho fujão de Doze! Quando o acharmos, ele terá muita coisa para explicar. Por que deixar a sua mãe tão aflita assim? Ele tem onze irmãos para ela cuidar e a deixar preocupada não é legal!

_ O Doze pode ter ido ali perto daquele buraco naquela pequena queda de água! _ Falou Fofinho, apontando com a patinha.

_ Você tem razão! Vamos já ver se ele está lá dentro ou se tem alguma pista!

Ao chegar lá perto do buraco, viram uma aranha tricotando com um belo chapéu amarelo na cabeça!

_ Oi, Senhora Aranha! Tudo bem?! Eu sou Caroline e este é meu amigo Fofinho! Estamos procurando um amigo nosso, ele é pequenininho, amarelinho, igual aos irmãos dele e nós achamos que ele pode ter vindo por aqui!

_ Acredito que seja seu amigo que passou aqui sim! Faz pouco tempo! Ele atravessou aquela porta! _ A aranha mostrou uma porta que estava dentro do buraco.

_ O que ele foi fazer lá?! _ Perguntou Caroline, bastante curiosa.

_ Acho que ele viu a Andorinha Verão entrando e quis ir também! São raros os que entram sem serem de lá! Saem o pessoal de lá de dentro, dão uma volta e depois voltam rapidinho lá para dentro. Acham este mundo aqui muito confuso! _ Falou a aranha!

_ Este mundo é confuso?! Como assim? Não sabia que tinha outros mundos, não! _ Falou Caroline.

_ Eu não sei explicar detalhadamente o que é confuso aqui ou lá! Eu gosto é de tricotar mesmo! Seu amigo apenas me perguntou como faz para ir lá dentro! Eu não quero e nem gosto de me intrometer na vontade das pessoas. Tudo que tricoto é o que desejo fazer na vida!

_ Como fazemos para entrar lá?! _ Perguntou Caroline!

_ Bate na porta três vezes e alguém vai te dar uma charada! Se você acertar, a porta se abre! Toda vez é uma charada diferente! Tem que ser muito inteligente! Porque só poderá errar uma vez e depois a porta desaparece para você! _ Falou a aranha!

_ Tá bom! Muito obrigada pela informação e um bom trabalho de tricotar! _ Despediu Caroline!

Ao chegarem perto da porta, Caroline e Fofinho ficaram um pouco apreensivos e finalmente bateram à porta! Apareceu por um buraquinho uma minhoca que assustou o Fofinho e essa perguntou o que queriam.

_ Queremos entrar! Um amigo nosso entrou e precisamos chamá-lo porque a mamãe dele está preocupada. _ Falou Caroline, mostrando coragem!

_ Vocês poderão entrar se responderem a uma charada! A charada é bem difícil! O que usamos no suco de limão para ele não ficar azedo?! _ Perguntou a minhoca, esperando a resposta.

Fofinho ficou pensando um bom tempo e Caroline resolveu arriscar!

_ Açúcar!

_Acertaram! Podem entrar! _ Falou a minhoca, mostrando estar surpresa!

A porta se abriu e Caroline e Fofinho entraram logo para não ter perigo dela fechar e eles não terem passado!

_ Fofinho, para a minhoca, esta pergunta pode parecer difícil, mas, eu sempre ajudo a vovó a preparar as coisas para tomar café da manhã e uma das coisas de que eu mais gosto é adoçar o suco de limão! Vovó faz o bolo e eu, além de adoçar o suco, coloco os talheres e os pratos em cima da mesa.

_ Então é por isso! Eu não sabia que era açúcar também! Eu só conheço mel que é feito pelas abelhas. Só que raramente como mel porque elas são muito bravas e não gostam que a gente mexa no mel delas.

_ Você tem razão! Mel também pode ficar bom! Como eu nunca fiz, fui ao que eu conhecia! Mas você percebeu que passamos pela porta e estamos andando um tempinho e parece que não chegamos a lugar nenhum?!

_ Eu percebi! Que lugar será que é aqui?! Eu nunca vi um caminho assim, parece muito uma caverna!

_ Veja, Fofinho! Tem uma porta ali na frente! Não! Espera! São três portas! Que confusão!

Ao chegarem à frente das três portas com três cores diferentes, que eram o vermelho, amarelo e o verde, ficaram indecisos, o que fariam! Quando apareceu a minhoca de novo, bateu com a calda em um sino.

_ Olá! Bom ver vocês aqui! Passaram pela charada e agora podem escolher qual caminho querem seguir! Escolham com inteligência! Um caminho os levará de volta de onde vieram, o outro caminho vai deixar vocês presos por meia hora aqui, mesmo tendo acertado a charada, e o terceiro caminho leva para onde querem ir!

_ Como o caminho sabe onde quero ir?! _ Perguntou Caroline, curiosa!

_ Você sabe que caminho quer ir?! _ Respondeu a minhoca!

_ Quero ir onde está meu amigo Doze! _ Falou Caroline!

_ E onde exatamente ele está?!

_ Não sabemos! Apenas sabemos que ele atravessou a porta e entrou aqui! _ Falou Caroline, desanimada.

_ Então, perigosamente, ou vocês vão voltar de onde vieram ou ficarão presos por meia hora! Como não sabem o que querem, dificilmente saberão para onde ir! _ Falou a minhoca séria!

_ Mas isto não é justo! Só queremos ajudar nosso amigo que está perdido! Se voltarmos de onde viemos, vamos deixar a mãe dele muito triste. Se ficarmos presos, vamos deixar minha mãe preocupada. Não parece justo e você sabe disso! _ Falou Caroline, magoada.

_ Eu não faço as regras e meu trabalho não é persuadir vocês a escolherem. Quando atravessaram a porta, sabiam para onde estavam indo ou só entraram porque ela estava aberta?! _ Perguntou a minhoca.

_ Entramos porque só queremos ajudar um amigo perdido! Até ali, não sabíamos que tínhamos que saber para onde ir! _ Falou Caroline com voz de choro.

_ Então, decida o que querem! A primeira porta vocês encontraram e entraram por um objetivo entre tantos que podem ter. Agora, este objetivo tem que ter um motivo. Aí está sua chance de continuar, voltar ou ficarem presos por um tempo para entenderem o que realmente desejam. Única coisa que dá para fazer agora é saber o que querem! _ Falou a minhoca decidida.

Caroline começou a chorar! Não era justo e, se ela errasse, podia ficar perdida ou presa. Talvez voltar seria a melhor solução! Não, ela prometeu à mamãe galinha que acharia o décimo segundo filho dela que estava sumido. Já chegaram até ali e, pelo menos, deviam tentar. Depois de ter chorado um pouco, ela enxugou os olhos e encarou as portas. Ela tinha que decidir logo.

_ Fofinho! Quando eu andava com meu pai de carro, tinha aquele grande semáforo que tem a cor vermelho, amarelo e verde, iguais às cores das portas. Lembro que meu pai explicou que o vermelho era para parar, o amarelo era para diminuir, parar e ter atenção e o verde era o único que era para seguir. Então, segundo as regras que meu pai tinha que seguir para dirigir o carro e nos levar em segurança nos lugares, vamos ao verde!

Ao falar isto, a porta verde se abriu e um lugar bonito cheio de flores apareceu do outro lado!

_ Parabéns! Vocês seguiram em frente! O que me lembro! É o mesmo caminho que seu amigo pegou! Sua decisão levou para este caminho! _ Falou a minhoca feliz!

_ Que legal! O Doze entrou aqui! Mas, que lugar é este?! Onde estamos?! _ Perguntou Caroline, muito curiosa!

_ Você está exatamente onde quis estar desde que começou a procurar seu amigo! O objetivo é encontrá-lo! O caminho! Bem, o caminho será o que você precisará seguir até encontrar o que quer! Melhor irem logo antes que a porta feche! _ Falou a minhoca num tom de despedida.

_ Tá bem! Obrigado, Dona Minhoca. Agradeço por nos ajudar! Caso minha mãe aparecer, diga que não se preocupe, que já voltaremos. _ Se despediu Caroline e atravessou a porta verde com o Fofinho!

_ Nossa! Que lugar estranho, Caroline! Os pássaros são das cores do seu estojo de lápis de cor. Veja!

_ Tem razão, Fofinho! Aquele pássaro é igual ao desenho que fiz para a mamãe que está na porta da geladeira. Aquele outro é o que eu e a vovó desenhamos. Olha os pássaros, verde, vermelho, amarelo, o azul, o rosa e o preto, são as cores que mais uso! Parece muito divertido aqui! _ Caroline falou enquanto pulava tentando alcançar os pássaros.

_ Quem é você, menina que está tentando machucar os pássaros?! _

Caroline não gostou do Senhor Raposa achar que ela estava machucando os pássaros e fez beicinho!

Falou uma raposa sorridente para a Caroline e assustando o Fofinho.

_ Não estou querendo machucar os pássaros! Quero brincar com eles! Quem é você?!

_ Eu perguntei primeiro!

_ Meu nome é Caroline, sou neta da Lurdes! Estes pássaros parecem muito com o que desenhamos e é por isso que quis brincar com eles. Não queria os machucar! Juro! Este aqui é o Fofinho! Meu amigo e companheiro! Estamos aqui procurando um colega nosso que sumiu! Atravessamos duas portas para chegar aqui!

_ Por que estão procurando alguém aqui?! Já procuraram no lugar de onde vieram?!

_ Sim! Procuramos! Temos informações de que ele chegou aqui! A Senhora Aranha e a Dona Minhoca, todos viram nosso amigo vindo para cá! Espere! Você é uma raposa! Por acaso, você pode ter comido nosso amigo! Raposa gosta de frango!

_ Eu não comi nenhum frango! Eu sou vegetariano! Se seu amigo veio aqui, ele só não pode ir para o lado do Tombo da Alegria! Lá é um lugar muito ruim e triste! A Rainha não gosta de quem ela não conhece aparecendo por lá!

_ Onde fica este lugar, Tombo da Alegria?!

_ Você não ouviu eu dizer que não é legal ir para aquele lado?! A Rainha é má! Seu amigo não pode ter ido lá, senão ele vai arrumar muitos problemas.

_ Eu não sei onde é! Meu amigo também não deve saber onde é! Mas, se temos que procurar! Eu não me importo de ir lá para ter certeza de que ele não foi! Aliás! Que lugar é este em que estamos?! Não conheço este lugar e parece que é dentro da minha fazenda!

_ O que é fazenda?!

_ O que é este lugar?!

_ Aqui é o Reino das Margaridas! Onde fica tudo que é alegria e diversão! Este lado é comandado pela Rainha Luz, que infelizmente está muito doente e, por isso, a Rainha Treva está ganhando espaço e aprisionando todos que ficam contra ela. Todos tinham liberdade de escolha entre ficar no lado da Luz ou no lado da Treva, a escolha era livre e podiam ir e voltar sem problema nenhum quantas vezes quisessem. Mesmo a Rainha Treva sendo contra esta liberdade de ir e vir, ela tinha que aceitar os desejos da Rainha Luz, pois, como uma luta há cem anos, nosso lado venceu, então, ficava o desejo da mais forte. Como a nossa Rainha Luz ficou doente, a Rainha Treva começou a ficar mais forte e a ocupar espaço e assim suas vontades vão ficando cada vez mais fortes. Já temos vários amigos presos lá no lado da Treva, pois ela está dominando lugares que eram considerados da Luz.

_ Nossa! Que coisa horrível! Por que a Rainha Luz não vai ao médico?! Meu pai me leva em um que é muito bom! _ Falou Caroline!

_ Rainha Luz começou a ficar muito triste! Ela tinha uma amiga que há muito tempo deixou de aparecer! As duas brincavam e se divertiam muito. Pela saudade! A Rainha Luz perdeu sua alegria e sua vontade de brincar! Então, está difícil para todo mundo. Já procuramos esta amiga e nunca conseguimos achá-la!

_ Que horrível! Nosso amigo sumiu! A amiga da Rainha Luz sumiu! Este lugar perde muita gente! Será que a amiga dela não está presa no Tombo da Alegria?!

_ Não tem como saber! A Rainha, quando prende, dificilmente alguém sai de lá.

_ Então eu vou buscá-lo, meu amigo, se ele estiver lá, e a amiga da Rainha Luz também! Eu não tenho medo da Rainha Treva!

_ Mas Caroline! Nós viemos aqui buscar o Doze, agora aparece mais uma pessoa para procurar e parece que é muito perigoso! Se eles, que estão aqui há muito tempo, não conseguiram achar a amiga da Rainha Luz, por que nós conseguiríamos se nem sabemos quem é esta pessoa?!

_ Fofinho! Estamos aqui! Viemos aqui por algum motivo e eu não vou ficar com medo agora! Se tem algum jeito de salvar este Reino das Margaridas e deixar todo mundo feliz de novo, devemos tentar. Veja! Os pássaros iguais aos que desenhamos estão se divertindo. Se a Rainha Treva aparecer aqui, tudo isso vai ficar triste e eu chorarei. Resolvi não chorar à toa mais. Temos que salvar este lugar. Senhor Raposa! Como é esta amiga da Rainha Luz?!

_ Ela é do seu tamanho! Ela gosta de falar bastante! Parece ser muito forte e brava! Sempre está sorrindo e ela gosta de bater palmas quando tem boas ideias.

_ Certo! Pode nos indicar o caminho para o Tombo da Alegria?! Vamos lá agora!

_ Só seguir por esta trilha! Mas tomem cuidado, por favor! Se for perigoso, voltem correndo!

_ Pode deixar com a gente! Vamos tomar muito cuidado! Um dia, conseguimos pegar um pedaço de bolo antes da janta sem ninguém perceber. Somos muito espertos! _ Falou Caroline, cheia de coragem.

O Reino das Margaridas é um lugar lindo e cheio de pássaros coloridos que são iguais os desenhos de Caroline

Capítulo 2
A coragem de Fofinho

A Cegonha que vende pasta

Depois de se despedirem do Senhor Raposa, Caroline e Fofinho pegaram a trilha para ir ao reino da Rainha Treva atrás do Doze e da amiga da Rainha Luz. Ao atravessarem um canteiro de flores, encontraram uma cegonha de terno e segurando uma pasta.

_ Olá, Senhor Cegonha! Eu me chamo Caroline e este é meu amigo Fofinho! Estamos no caminho certo do Tombo da Alegria?!

_ Vocês querem fazer o que naquele lugar?! Não é um bom lugar para vocês irem!

_ Estamos indo atrás de uns amigos! Achamos que eles estão lá! Só precisamos confirmar se é o caminho porque nunca fomos naquele lugar e somos novos por aqui.

_ Sim! Este é o caminho! Se quiserem, podem pegar o expresso da centopeia que vão deixar vocês bem pertinho! Já que passa aqui!

_ Legal! Não sabia que tinha ônibus para nos levar! O senhor trabalha no banco ou é algum tipo de político? É porque você está de terno.

_ Não! Eu sou um relojoeiro e, como não há mais relógios no reino, porque a Rainha Treva tirou tudo que marca horas do pessoal, então eu agora vendo pastas. Querem comprar uma pasta?

_ Não, obrigada! Mas por que a Rainha Treva está tirando o relógio das pessoas?!

_ Assim a gente não consegue saber a hora de brincar, por exemplo. Se não sabemos a hora de brincar, então não nos divertimos e assim ela fica mais forte!

_ Que maldade com todo mundo! É importante saber as horas das coisas. Ninguém faz nada para resolver isto!?

_ Tinha o Hood! Hood era um dos únicos que enfrentava a Rainha Treva e ele era bom em inventar brincadeiras em que todo mundo se divertia muito. Até ontem, acho, ou melhor, de ontem, não sei dizer exatamente, o Hood enfrentava a Rainha Treva! Só que ele foi preso e, depois disso, não temos nem mesmo alguém para criar brincadeiras para a gente. Está tudo muito chato agora. Querem comprar pasta!?

_ Não queremos não! Este Hood também está preso!? Todo mundo está ficando preso neste Tombo da Alegria?! Isto está ficando muito chato já! Cada lugar que paramos para conversar, parece que tem alguém preso que é muito legal! Esta Rainha Treva não sabe o que a espera quando eu a encontrar!

_ Não fale isso! Ela é muito má! Sim! Muitas pessoas boas foram presas e é por isso que ela está vencendo! Todo mundo que vai contra ela, simplesmente é preso. Se quiser ajudar mesmo, não pode de jeito nenhum ir presa. Quer comprar uma pasta?!

_ Não queremos comprar pasta não, obrigada! Como é este Hood?!

_ Ele tem um chapéu verde, sapato verde, calça e camisa verde. Ele voa, mas não tem asa. Toca flauta e sabe dançar! Sempre está rindo e sabe fazer piadas engraçadas. Ele comprou uma pasta minha uma vez, quer comprar pasta?!

_ Eu não tenho dinheiro aqui! Não posso comprar pasta! Vou achar o Hood e salvá-lo também! Pode acreditar!

_ Por que faria isto?! Você não parece ser desse reino! Por que se preocuparia?!

_ Porque vocês são muito legais! Gosto do jeito como falam e vivem! Se tem uma pessoa querendo estragar a alegria e a diversão, o meu trabalho é ajudar vocês a se defenderem! Um dia, eu briguei com o Afonso da escola porque ele praticou bullying com uma colega minha. Ele levou um puxão de orelha e ainda ficou de castigo. Não gosto de injustiça.

_ Esse Afonso deve ser parente da Rainha Treva! Você parece ser muito corajosa mesmo. Quer comprar pasta!?

_ Não quero não! Quando chega o ônibus?!

Quando a Caroline acabou de falar, parou uma centopeia enorme e um monte de cegonhas desceu. O Senhor Cegonha subiu nas costas da centopeia e chamou os dois para subirem. Caroline, no começo, achou estranho cegonhas terem que pegar o ônibus centopeia se elas podiam voar. Mas, ali todas estavam de ternos, então seria muito difícil mesmo eles voarem de terno.

_ Por que todas as cegonhas usam ternos aqui?!

_ A maioria delas perdeu o emprego que tinha e começou a vender pastas. Aliás! Querem comprar pasta?

_ Hoje não, obrigada! Eu não as vi com pastas. Só você está com pasta agora!

_ Elas já venderam as delas. Às vezes, outras cegonhas compram e depois vendem. Foi assim que consegui esta pasta. Comprei de uma cegonha e agora vou vender! Se não quiserem comprar, venderei para alguma cegonha lá no outro ponto. Ali na frente é o ponto mais próximo do Tombo da Alegria. Tomem cuidado! Dali para frente, as coisas começarão a ser mais difíceis! Querem comprar uma pasta?!

_ Não, obrigado! E agradecemos muito por nos ajudar! Já que conseguiremos libertar o Doze, a amiga da Rainha e o Hood! Tudo vai melhorar!

_ Que bom! Então, até mais e, se estiverem por aqui e nos encontrarmos, talvez vocês comprem uma pasta minha.

Caroline e Fofinho desceram da centopeia enquanto várias cegonhas com pasta subiam e os dois amigos se despediram novamente do Senhor Cegonha. Caroline ficou com vergonha de dizer que não saberia se o reconheceria novamente, já que todas as cegonhas vestiam ternos e tinham pasta e eram todas iguais.

_ Fofinho! Estamos longe de casa e entrando em um lugar que parece muito triste. Você quer continuar comigo?!

_ Claro que sim! Vamos até o fim! Para falar verdade, estou muito curioso para ver onde é este lugar que todo mundo está ficando preso. Estou com medo sim! Não vou mentir! Só que, se é um lugar que tem um monte de gente legal, não sei se pode ser tão ruim assim, não é verdade?!

_ Sim! Concordo! Só que o problema é que, se estiverem presos separadamente, eles estão tristes e sozinhos. Aí teremos que ir de um em um para salvá-los. Pode ser muito trabalhoso.

_ Não tinha pensado nisto! Ainda bem que você está aqui para pensar nestas coisas.

_ Então vamos! Ainda não sabemos quanto tempo temos até chegar lá e, o pior, é que os relógios foram todos levados.

Começaram a caminhar novamente e Fofinho se assustou quando, do nada, pareceu um pássaro voando das árvores que pareciam que dançavam. Caroline ia tentar acalmar o Fofinho quando viu um besouro enorme segurando uma lança bem no meio da estrada.

_ Alto lá! Quem são vocês!? _ Perguntou o besouro com tom bravo!

_ Sou Caroline e este é o meu amigo Fofinho! Queremos ir ao reino do Tombo da Alegria! Este é o caminho?!

_ Sim! Só que ninguém pode passar sem a permissão da rainha.

_ Como sabe que não temos a permissão?!

O besouro ficou um tempo indeciso! Talvez ninguém antes o questionado daquela forma. Na verdade! Ninguém antes quis ir até o reino do Tombo da Alegria por conta própria e que parecesse estar tudo bem e felizes,e não sombrios e tristes.

_ Eu não sei! Vocês têm a autorização da rainha?!

_ Como é a autorização?!

_ Um deles é estar triste e desanimado! É uma passagem e não parece que vocês estão! Então, por que deveria deixar vocês passarem?!

_ Nós não parecemos tristes e desanimados agora porque você está duvidando da gente, então estamos chateados e irritados e assim parece que não estamos tristes e desanimados como antes!

Caroline enfrenta o Soldado Besouro com valentia

_ É isto?! Eu não sabia...

_ Sua rainha ficará muito brava também se não passarmos porque você nos irritou primeiro.

_ Então passe!

_ Só que antes! Como não sabemos direito, temos que saber onde fica o local que prende as pessoas. Queremos ir direto para lá para não dar trabalho à rainha.

_ Segue pela esquerda até chegarem a uma caverna! Lá terá outros guardas e vocês dizem que foram enviados para prisão! Qual prisão a rainha enviou vocês?!

_ Quais têm?!

_ As dos aliados da Rainha Luz, a dos desobedientes e a dos traidores.

_ Com certeza dos aliados da Rainha Luz! Obrigado pelas informações e já estamos indo.

Passando pelo besouro, Caroline viu como ele ficou contente por fazer um ótimo trabalho. Depois, ele parece que lembrou que alegria não era uma opção e logo fechou a cara como se estivesse zangado. Andaram um tempo pelo lado esquerdo e viram a caverna de que o soldado tinha falado, e o Fofinho puxou Caroline de lado para conversar.

_ São dois soldados e temos que saber o que fazer daqui para frente. Se chegarmos lá assim, só vão nos levar para a cadeia e nos prender! Não sabemos nada direito do lugar!

_ Verdade, Fofinho! Então eu vou lá, vou chamar a atenção dos guardas e você entra escondido. Se nossos amigos estiverem lá, você dá um jeito de salvá-los e saírem daqui o mais rápido possível.

_ Não posso fazer isto! Aí você ficará presa. Eu estive pensando! Eu fiz vários exercícios na roda que me deu na gaiola e estou preparado para correr. Vou chamar a atenção deles e, quando vierem atrás de mim, vou correr bastante e você entra. Aí encontra nossos amigos e depois nos encontramos lá no ponto da centopeia. Eu sou muito rápido e sou menor também. Mais fácil para eu me esconder!

_ Tem certeza?! Eles são dois!

_ Sim! Eu tenho! Quero muito fazer isto!

_ Você, além de ser meu melhor amigo, é muito corajoso, Fofinho! Prometo que vou fazer o meu melhor para achar nossos colegas!

_ Acredito em você! Vou lá e, quando conseguir tirar eles, você entra correndo, tá bom?!

_ Tá bom!

Fofinho respirou fundo e foi andando na estrada em frente aos soldados.

_ Alto lá! Quem vem aí?! _ Perguntaram os soldados ao mesmo tempo.

_ Aqui é a cadeia onde ficam os aliados da Rainha Luz?!

_ Sim! Quem é você?!

_ Sou o Fofinho! A Rainha Treva falou que eu tenho que ficar perto da amiga da Rainha Luz, do Doze e do Hood! Eles estão aqui?!

_ Não tem nenhum Doze ou alguém que se chama Amiga da Rainha Luz. O Hood tá na última cela.

_ O Doze é um pintinho amarelo quase do meu tamanho. A amiga da Rainha é uma menina grande que está sempre sorrindo.

_ Não! Estes dois não estão aqui!

_ Entendi! Soldados burros como vocês não conseguiriam prender eles mesmos e, veja eu, estou sorrindo!

_ Alto lá, você está preso em nome da Rainha Treva por sorrir no Tombo da Alegria!

_ Venham me pegar se puderem!

Fofinho começou a correr e os dois soldados besouros, que falavam a mesma frase juntos todas as vezes, começaram a correr atrás deles, parecendo espelhos por fazerem os mesmos movimentos e falando para o Fofinho parar ao mesmo tempo. Caroline viu que os soldados besouros eram muito lentos em relação ao Fofinho e ficou mais tranquila. Entrou na caverna e foi correndo até o final, e viu um menino de orelhas pontudas, vestido todo de verde, tocando uma flauta baixinho, parecendo desanimado.

_ Hood?! Você é o Hood!?

_ Sim! Quem é você!?

_ Depois eu falo! Temos que sair daqui rápido. Sabe me dizer se prenderam alguma amiga da Rainha Luz que sumiu muito tempo atrás ou um pintinho amarelo que não é desse reino?

_ Que eu saiba, não! Mas tem outras prisões além dessas.

_ Se tiverem presos , eles seriam nesta prisão! Vou te soltar!

Caroline soltou o Hood e este agradeceu! Na volta, foram soltando os outros no caminho e dizendo para correrem para o mais longe possível. Até a última cela, Caroline não viu nem o pintinho amarelo e nem uma pessoa com a descrição da amiga da Rainha Luz.

Quando todos já estavam correndo para longe, chegaram os dois soldados tentando entender o que estava acontecendo naquele lugar. O Hood voou e começou a chamar a atenção deles para a Caroline poder sair sem ser vista. Depois de um tempo correndo pela estrada, Caroline viu o outro soldado tentando pegar o Fofinho e aí ela percebeu que seu amigo estava tirando o soldado besouro do caminho para ela poder passar sem problemas. Caroline correu o máximo que pôde e ficou no ponto da Centopeia esperando. Chegou o expresso centopeia e várias cegonhas entraram e outras saíram, umas com pastas e outras sem e uma passando a pasta da outra no meio do processo, devia ser que uma comprou da outra.

Depois que o expresso centopeia foi embora, apareceu o Fofinho bastante cansado e, depois de comemorarem o reencontro, apareceu o Hood. Caroline se apresentou e apresentou o Fofinho, que, se não fosse pela coragem dele, ninguém conseguiria fugir daquela prisão.

Hood disse que deveriam ir para o esconderijo dele e encontrar os outros aliados da Rainha Luz. Assim que chegou uma centopeia com várias cegonhas subindo e outras descendo, subiram e partiram para longe antes que os soldados besouros aparecessem.

Chegaram a um local cheio de formigas vermelhas trabalhando na construção de uma ponte e pareciam que tinham feito a rua até ali no começo da ponte, e também tinha uma placa dizendo que ali seria a Rua dos Bobos.

_ Por que dariam o nome da Rua de Bobos?! _ Perguntou Caroline, curiosa!

_ Porque esta rua vai ligar o centro da comunidade da Rainha Luz ao centro da comunidade da Rainha Treva, se não virar este reino inteiro da Rainha Treva um dia. Rua dos Bobos é quem vai ficar indo da Luz à Treva. _ Falou o Hood como se fosse uma piada!

_ Entendi! Tem que ser muito bobo para ficar trafegando de um lugar feliz a um lugar triste mesmo sem rumo.

_ O que vocês estão fazendo aqui?! _ Perguntou o Hood.

_ Então! Estávamos conversando quando a Dona Galinha falou que um de seus filhos tinha sumido. Resolvemos sair para procurar e a Dona Aranha falou que o Doze, é o nome que colocamos no pintinho sumido, entrou pela porta que encontramos. Daí conversamos com a Dona Minhoca, que confirmou que ele tinha passado por uma das três portas que tinha depois da primeira porta. Ao conversar com o Senhor Raposa, descobrimos que a Rainha Treva está querendo pegar todo o reino porque a Rainha Luz está doente e muito triste por não encontrar uma amiga que ela ama muito. Nisto, fomos até onde você estava preso tentando encontrar nosso amigo Doze e a amiga da Rainha Luz. Esta é toda a história.

_ Vocês entraram aqui tentando salvar um amigo e acabaram me salvando?! Veja isso! Merecem uma música!

Hood começou a voar e tocar a flauta. Quando tocava, as flores começaram a dançar, as árvores começaram a bater palma com os galhos ao ritmo da música, vários animais ali perto começaram a dançar e os pássaros começaram a voar um atrás do outro, fazendo vários círculos que mudavam para coração e depois para triângulo e iam mudando. Os que estavam dançando começavam a gritar "hei" a cada momento, tudo em harmonia. O clima de festa era divertido. Então, depois, todo mundo se assustou com um som de uma trombeta lá para os lados do Tombo da Alegria.

_ Infelizmente, é assim! Se continuarmos a mostrar alegria e divertimento, aparecerá um monte de soldados besouros para nos prender! A Rainha Treva não deixa ninguém mais ser feliz!

_ Mas que bruxa! Por que ela não gosta de alegria?! _ Perguntou Caroline, bem chateada.

_ Se a alegria voltar neste reino, ela perde força e os lugares que ela conquistou. Tristeza alimenta o poder dela, alegria alimenta o poder da Rainha Luz. O que oferecemos para este reino é o que conseguimos.

_ Então ela está aproveitando que a Rainha Luz está triste e doente e quer conquistar todos os lugares para a alegria nunca mais vencer?!

_ Exatamente!

_ Como podemos mudar isto?!

_ Achando alguma forma de fazer a Rainha Luz recuperar os poderes dela. Já tentamos de tudo. Música, canto, brincadeira e festa. Seja como for! Está difícil fazer a Rainha Luz ter sua alegria de volta.

_ Bolo de chocolate?! _ Perguntou Caroline.

_ O que é bolo de chocolate?! _ Perguntou Hood.

_ É por isso que vocês estão tristes. Ninguém fica triste com bolo de chocolate. Aprendi isso com minha avó. Ela sempre faz quando eu me machuco ou quando fico muito triste. É o melhor remédio do mundo.

_ Onde encontramos este bolo de chocolate?!

_ Acredito que é leite, farinha, ovo, açúcar e colocar tudo no fogo para assar. Eu devia ter prestado atenção quando minha vó fazia! Desculpe-me!

_ Você está falando de massa sorriso?! É assim que fazemos massa de sorriso aqui! Chama a Formiga Preta! _ Hood deu ordem a uns grilos que estavam ali e eles saíram, e logo chegou uma formiga preta limpando a patinha no avental que ela vestia. _ Dona Formiga Preta, pode fazer para

Que delicia o massa sorriso ou bolo de chocolate! Eu quero!

nós uma massa sorriso, por favor!?

A formiga preta balançou a cabeça e saiu. Quando Caroline foi falar uma coisa, ela logo apareceu carregando em um carrinho um bolo de chocolate.

_ É isto mesmo! Vocês sabem o que é bolo de chocolate! _ Falou Caroline contente.

_ Vamos comer então! É muito bom mesmo! Chame a Lebre e peça para levar um pouco de massa sorriso para a Rainha Luz.

Sem muita demora, aparece uma lebre muito branca com olhos vermelhos, pega o pedaço de bolo e some como se fosse um raio. Caroline ficou impressionada com a velocidade da lebre.

_ Quero conhecer a Rainha Luz! Onde ela está?! _ Perguntou Caroline.

_ Ela está lá! _ Hood apontou para um arco-íris que parecia muito distante. _ Único lugar que a Rainha Treva ainda não pode chegar! Veja! O arco-íris está ficando mais colorido. Veja!

_ Verdade! Por que o arco-íris está mais colorido agora!? _ Perguntou Caroline com um belo sorriso.

_ A Rainha Luz deve ter recebido da lebre já a massa sorriso, quero dizer, o bolo de chocolate! A Rainha Luz e sua amiga gostavam muito da massa sorriso, foi este o nome que as duas deram para o que você chama de bolo de chocolate. Quem apresentou foi a amiga da Rainha Luz.

_ Como chama a amiga da Rainha...

Antes de Caroline terminar de perguntar, os soldados besouros chegaram onde eles estavam. Vários animais em desespero corriam de um lado para o outro sem saber o que fazer.

_ Precisamos fugir! Eles devem ter seguido a nossa felicidade! Com certeza, a Rainha Treva já sabe que eu fugi. Todo o vestígio de felicidade eles vão seguir agora até me prenderem de novo. _ Falou Hood!

_ O que vamos fazer para fugir?! _ Perguntou Caroline.

_ Eu vou para aquele lado! Ao me verem, vão vir atrás de mim! Você tem que encontrar o Urso Panda e dizer para ajudarem vocês. Se eu conseguir escapar, estarão todos os rebeldes que ainda lutam pela Rainha Luz. Não temos muito tempo. Temos que salvar o reino e salvar seus amigos.

Hood nem deixou Caroline falar alguma coisa e saiu voando até ser visto pelos soldados besouros e começar a segui-lo pelo outro caminho.

_ Senhora Formiga Preta, onde podemos achar o Urso Panda?! Hood não conseguiu dar esta informação! _ Perguntou Caroline, a formiga que estranhamente parecia tranquila cozinhando em um panelão.

_ Vão seguindo o Rio Melado e, quando virem uns bambuzais, já estão no lar do Urso Panda. Só tome cuidado, que ele acha que todos que ele não conhece são soldados besouros.

_ Vamos com a gente! Pode ser que os soldados besouros voltem.

_ Não posso, minha querida. Tenho que fazer comida! Temos aqui muitas formigas trabalhando e alguém tem que alimentá-las. Eu ficarei bem! Vão rápidos.

Despediram-se e Caroline e Fofinho seguiram o rio de melado até encontrar o bambuzal.

Como o Senhor Panda não se perde no bambuzal?

Capítulo 3
A reunião

Não andaram muito e já estavam se aproximando do bambuzal quando ouviram uma voz rouca e potente vindo de algum lugar no meio dos bambus.

_ Quem se aproxima!?

_ Somos Caroline e Fofinho. Foi o Hood que pediu para a gente vir aqui atrás do...

Antes de Caroline terminar de falar, um grande bambu desceu do céu e acertou em cheio com a ponta o bumbum do Fofinho, que saiu saltando e gritando de dor.

_ Saiam daqui! Hood está preso! Vocês não me enganam!

_ Não! Calma! Ele escapou! Fomos nós quem o soltou da prisão do Tombo da Alegria! Se nos der a oportunidade, podemos explicar direitinho! _ Falou Caroline, com dó do Fofinho.

_ Podem falar! Estou ouvindo!

Caroline explicou detalhadamente tudo o que aconteceu desde que entrou naquele reino e disse que estava ajudando a Rainha Luz a recuperar o reino, mesmo ela não sendo daquele lugar. Depois de ter escutado e refletido, saiu um panda gordo detrás do bambuzal e ficou com as mãos no queixo estudando a situação.

_ Vocês trouxeram um pedaço de massa sorriso para mim?! _ Perguntou o panda!

_ De tudo que falamos, você só ouviu o massa sorriso? Eu apanhei de bambu porque me confundi com besouro e quer doce?! _ Falou Fofinho, com os olhos cheios de lágrimas e passando a patinha no bumbum para aliviar a dor.

_ Calma, Fofinho! Não trouxemos, Senhor Urso! Assim que os besouros apareceram, já corremos para cá! Estamos perdidos e não sabemos para onde ir ou o que fazer! Só sabemos que tem um monte de soldados besouros atrás da gente e estamos aqui para saber o que fazer!

_ Se o Hood está solto, ainda temos uma esperança! Seria de muita valia se a Rainha Luz recuperasse a força, mas nada que fazemos consegue fazê-la melhorar. Temos que reunir o máximo que pudermos para saber como lidar com esta crise. Quem vocês conhecem que são aliados?!

_ Ninguém! Só você, Hood, e a dona Formiga que fazem o bolo!

_ São poucas pessoas! Tem que ser mais sociáveis para da próxima vez nos ajudar melhor!

_ Nós não somos daqui, seu urso velho! Não está vendo que nunca nos conhecemos antes? Como vamos saber quem são os aliados se até agora pouco nunca pisamos neste reino?! _ Gritou Fofinho, mostrando estar muito bravo.

_ Calma, Fofinho! Brigar agora não nos ajudará em nada! Temos que nos unir! Senhor Urso, não conhecemos ninguém porque somos novos aqui! Mesmo assim, encontramos o senhor escondido no bambuzal. Talvez só diga como encontramos os outros e vamos fazer de tudo para ajudar.

_ Mas quem é você!? É um macaco sem pelo?!

_ Não sou um macaco! Sou uma pessoa!

_ Uma pessoa?! Acho que já teve uma vez uma pessoa aqui também! Ela ficou brava quando perguntei se ela era um macaco sem pelo. Não vemos muitos macacos sem pelo por aqui! Elfo, você não é! Besouro, temos bastante por aqui! Este besouro com você não é amigo da Rainha Treva, né?!

_ Eu não sou besouro! Eu sou um hamster! Por que está de implicância comigo?!

_ O que é hamster!?

_ Hamster, sou eu! Diferente de besouro, sou um roedor. Não pareço nada com besouro.

_ Você é um rato, então?! Eu tenho amigos ratos! Temos um vizinho rato que mora ali para baixo.

_ Não, não, não sou ratooooooo! Sou um hamster, entendeu?! Hamster! Eu vou bater nele, Caroline!

_ Calma, vocês dois! Senhor Urso, este é meu amigo Fofinho e ele é um querido hamster. Ele não é besouro e muito menos inimigo. Sem ele, eu não conseguiria salvar o Hood. Eu também não sou um macaco sem pelo, sou uma pessoa! Talvez esta pessoa que o senhor viu antes, deveria ser a amiga desaparecida da Rainha Luz. Ela está com muita saudade e também está doente porque está muito triste. Temos que achá-la para podermos deixar a Rainha Luz mais alegre.

_ Entendi! Se você e seu amigo rato são amigos do Hood, então, são meus amigos também! Vamos entrar para decidir o que fazer!

_ Eu não sou ratooooooooooooooooo! Sou hamster, seu urso velho e gordo!

Quando o Fofinho era segurado pela Caroline e os dois entravam em um espaço do bambuzal que parecia ser a casa do panda, viram uma mesa torta, umas cadeiras feitas de tronco de árvore, uma cama desarrumada, um caldeirão com broto de bambu na água e em cima da mesa estava um desenho em que estavam o panda, o Hood e mais cinco com eles.

_ Quem são estes no desenho?!

_ Estes são os que vamos encontrar! Hood, vocês já conhecem, este

Olha que desenhos bonitos que fizeram do Panda, Jacaré, Gorila, Hood, Zebra, Ponei e a Onça.

sou eu, aqui estão o Gorila, o Pônei, a Zebra, a Onça e o Jacaré. Esta foto foi desenhada pelo macaco sem pelo, que é igual a você!

_ Legal! Qual era o nome dela!? _ Perguntou Caroline.

_ Eu não me lembro! Não lembro nem o seu!

_ Não tem nenhum desenho dela com vocês e ela!?

_ Não! Ela fez um desenho para cada um de nós! Aquele na parede! _ Panda mostrou um desenho dele! _ É o meu que ela me deu! Desenhou este que tem os sete que se uniram para sempre proteger a Rainha Luz. O desenho da Rainha Luz e da menina macaco sem pelo desapareceu. Nunca os achei aqui. Os outros seis devem ter o desenho dela. Não! Não tem também! Os outros tiveram que fugir de onde estavam e deixaram tudo para trás. Só eu que continuo no mesmo lugar, porque por aqui tem muito bambuzal e eles cansaram logo de me procurar.

_ Então, qual é o plano?! _ Perguntou Caroline.

_ Vamos ter que ir atrás desse pessoal. O Hood, pelo caminho que você disse que ele foi para fugir dos besouros, se ele fugir, deve encontrar o Pônei e a Zebra que ficam próximos um do outro. Então a gente pode se separar e cada um ir atrás dos outros. Eu vou atrás do Gorila, o rato vai atrás do Jacaré e você, macaco sem pelo, vai atrás da Onça.

_ Como vamos encontrá-los? _ Perguntou Caroline enquanto o Fofinho virava as costas para o Panda, mostrando que estava magoado.

_ Se subir até aquela montanha, vai encontrar o Gorila, que no caso sou eu. Se seguir o Rio Melado abaixo, vai encontrar o Jacaré perto dos pântanos. A Onça fica na direção da floresta, quando chegar na floresta, pode ter certeza de que ela te encontrará. Ela sabe de todo mundo que entra e sai de lá. Ah! Ia esquecendo! Quando encontrar com eles, diga a frase: "Canta o passarinho azul!", é o nosso código para saber que somos companheiros. Este código foi inventado mais para mim, que às vezes confundo o pessoal com besouro. Querem comer antes de saírem?! _ O Panda mostra o caldeirão de bambu.

_Não! Agradecemos! Já comemos o bolo de chocolate e estamos satisfeitos. Acredito que já vamos partindo para encontrar logo seus amigos. Depois de encontrarmos onde vamos nos reunir?! _ Perguntou Caroline, evitando tomar sopa de bambu.

_ Podem voltar aqui. Hood e os outros virão para este lado também, já que pediram para vocês virem atrás de mim. Talvez ainda a minha casa seja o mais seguro.

_ Então já vamos indo! Não vamos demorar! _ Despediu Caroline, saindo junto com o Fofinho.

_ Então, Fofinho! Seu caminho é por ali e o meu é para este lado. Vamos nos separar de novo desde que começou tudo isto. Tá tudo bem para você?!

_ Sim, Caroline! Vou ficar preocupado! Sei que você vai se cuidar!

_ Você também tem que se cuidar! Não pode ser pego de jeito nenhum!

_ Treinei muito corrida na gaiola e, pelo meu tamanho, eu posso ir me escondendo com facilidade. Pode deixar que vou me cuidar direitinho. Encontre a Onça e volte rapidinho!

_ Tá bom! Até já, Fofinho!

Depois de um abraço carinhoso, os dois se separaram e Caroline desceu em direção à floresta. Não andou muito até chegar às árvores e, ao entrar na floresta, já pressentiu que alguém a vigiava. Preocupada, ela imaginava se não eram os besouros. Era a primeira vez que Caroline estava sozinha, sem saber exatamente quem procurar ou onde ir, e desta vez começou a sentir medo! Ela não gostava de se sentir sozinha e a floresta começou a parecer escura e solitária.

Caroline sentiu um aperto no peito e começou a ter uma vontade grande de chorar. Onde já se viu enfrentar uma floresta sozinha e ir atrás de uma onça? Por que ela achou que poderia salvar um pintinho amarelo, uma Rainha e um reino? Não era justo ela enfrentar aquilo tudo sozinha. Nunca esteve sozinha antes e quis chamar pelo pai. Um barulho de galhos quebrando ali perto e então ela percebeu alguém andando em sua direção. Ela sabia que era uma menina grande e não podia chorar, mas, o barulho estava mais próximo e ela se sentou no chão e começou a chorar sim! Ela estava com medo!

_ O que faz aqui na minha floresta?! _ Uma voz rouca em sua direção!

Quando Caroline teve coragem de abrir os olhos, ela viu uma grande onça a encarando com enormes olhos vermelhos.

_ Eu sou Caroline! O Senhor Panda me mandou aqui encontrar a senhora. Ele falou para eu dizer, canta o passarinho azul!

_ Conhece a senha! Então deve ser amiga! O que quer de mim?!

_ Assim que eu te encontrasse, era para irmos juntos à casa do Senhor Panda, que todo mundo vai se encontrar lá para podermos ajudar a Rainha Luz, que está muito doente.

_ Quem é este todo mundo?!

_ Hood, Gorila, o Pônei, a Zebra, Jacaré, Fofinho, você e eu!

_ Hood está preso!

_ Fofinho, meu amigo hamster e eu o soltamos! Cada um foi atrás dos que protegem a Rainha Luz para podermos ver como podemos ajudá-los! Por favor! Vem comigo!

_ Vou sim! Estou curioso para conhecer este guerreiro Fofinho e ver o quanto ele é forte! Se o Hood está livre, então, talvez tenhamos chance de lutar com a Rainha Treva. Espere um pouco que vou deixar a floresta aos cuidados de alguém em quem eu confio.

A Onça nem esperou Caroline falar e saiu correndo muito rápida. Caroline se levantou, limpou o vestidinho e, depois de ter conversado com a Onça, viu que a floresta não era tão assustadora como ela pensou que era. Ela estava admirando o tamanho das árvores quando a Onça retornou.

_ Vamos, Caroline! Vamos nesta grande reunião que vocês estão querendo fazer!

_ Sim! Na direção do bambuzal.

_ Você anda tão devagarzinho! Como conseguiram libertar o Hood sendo mais devagar que os Besouros?!

Caroline, mesmo ofendida por ser chamada de lerda, explicou como conseguiram tirar o Hood da prisão e todos os outros. A Onça escutava com atenção e isto deixava Caroline orgulhosa pelos seus feitos.

_ Muito bom, Caroline! Suba em minhas costas e vou te dar uma carona! Só segure firme para não cair!

Caroline subiu nas costas da Onça e, depois de confirmar que estava segurando firme, a onça saiu correndo rapidamente para o bambuzal. Chegaram rapidinho e lá já estavam Fofinho, Hood e todos os outros que foram apresentados. Depois dos cumprimentos e comemorações de re-encontro, em especial Caroline e Fofinho, todos se sentaram em troncos de árvores para começar a reunião e Hood começou a falar!

_ Como vocês sabem, eu fui liberto graças a estes dois! _ Hood apontava para Caroline e Fofinho! _ Assim, dando-nos a chance de nos reunirmos de novo! Vi que a Rainha Treva está ganhando muito espaço e precisamos urgentemente resolver estes problemas antes de perdermos o reino.

_ Como a Rainha Luz está!? _ Perguntou a Zebra.

_ Não está muito bem! Infelizmente! _ Respondeu Hood.

_ Então, não adianta lutarmos contra um exército da Rainha Treva se a nossa Rainha Luz não está em condições de reinar e lutar por nós também. Precisamos dela bem! _ Falou o Jacaré.

_ O que sugere que façamos!? Desistimos?! _ Falou a Zebra.

_ Tem que ter um jeito! Temos que estar com a força total! _ Falou o Jacaré.

_ Tem um jeito! _ Falou o Pônei com uma voz quase sussurrando!

_ Sim! Dar uma surra em todos! _ Gritou o Gorila, batendo no peito!

_ Não! Temos que dar à Rainha Luz a Fruta da Verdade! _ Falou o Pônei ainda em sussurros!

Todos exclamaram um "ahhhhhh!" E um silêncio ficou por um tempo na reunião!

_ O que é a Fruta da Verdade!? _ Perguntou Caroline depois de um tempo.

_ Diz uma lenda que nosso reino foi iniciado por uma semente! Esta semente fez tudo que existe neste reino! O reino tem três pilares, que são os reinos da Rainha Luz, o reino da Rainha Treva e ainda tem o reino da Rainha Gelo, que fica muito distante daqui. Rainha Luz, Rainha Treva e Rainha Gelo são irmãs e a Rainha Treva quer conquistar todos os reinos e só a Rainha Luz tenta de tudo para convencer a Rainha Treva a não ser tão gananciosa. Sabemos que a Rainha Gelo é muito poderosa, só que ela não liga para estes reinos daqui porque ela acha muito quente e barulhento. A Rainha Gelo se interessa mesmo pelo Fruto da Verdade, que dá o poder de cura e a imortalidade. Mesmo as Rainhas podendo viver séculos, ainda podem um dia morrer como todos os seres! O Fruto da Verdade é a única coisa que pode desencadear a ganância da Rainha Gelo e sabemos que ela pode transformar tudo aqui em gelo para conquistar o que quer e nem sabemos se a Rainha Luz e a Rainha Treva juntas conseguiriam detê-la. Então! Evitamos falar ou procurar a Fruta da Verdade! _ Explicou Hood.

Onde será que tá a árvore do Fruto da Verdade? Mas, será que é uma árvore mesmo?

_ E como a Rainha Gelo não encontrou se é tão poderosa?! _ Perguntou Caroline, curiosa!

_ Porque ninguém desse reino viu ou sabe onde fica ou onde está a árvore que dá o Fruto da Verdade! Só o escolhido pode achar! _ Falou a Onça.

_ Quem é o escolhido?! _ Perguntou novamente Caroline.

_ Ninguém sabe! Mesmo assim! A única coisa que pode salvar nossa Rainha Luz é o Fruto da Verdade e, mesmo se acharmos e salvarmos a Rainha Luz da doença, ainda podemos provocar a Rainha Gelo. Tudo muito perigoso! _ Falou Hood.

_ Temos que fazer alguma coisa! Não podemos simplesmente deixar tudo acabar por causa do medo! Eu senti medo e é muito ruim. Só que estamos aqui unidos e podemos lutar! Este reino bonito pode acabar e, se não for pela Rainha Treva, vai ser pela Rainha Gelo, então, ou desistimos ou lutamos até o fim! _ Falou Caroline depois que se levantou decidida.

Todos se olharam e, por um tempo, ficaram estudando as palavras da menina, e logo todos se animaram e gritaram juntos, "vamos lutar"!

_ Caroline está certa, pessoal! Temos que primeiro parar a Rainha Treva e depois nos preocuparmos com outras coisas. Temos que encontrar a Fruta da Verdade, então vamos fazer isto! Só que eu não sei como começar! _ Falou Hood.

_ Fofinho e eu estamos procurando nosso amiguinho pintinho amarelo que prometemos à mãe dele. Neste reino, ainda não conhecem a gente e então podemos ficar fuçando por aí! Nós saímos a procurar onde podemos encontrar tanto nosso amigo como o Fruto da Verdade e vocês fazem de tudo para ir defendendo a Rainha Luz. Assim que encontrarmos o Fruto da Verdade, daremos um jeito de encontrar vocês. _ Falou Caroline, decidida.

_ Sobre nos encontrar, é fácil! Se sabem assobiar, assobiem três vezes que a Onça rapidinho estará perto de vocês. _ Falou o Pônei bem baixinho.

_ Sim! Verdade! Só assoviar que eu encontro vocês, que já tenho os seus cheiros! _ Completou a onça!

_ Sobre este tal de pintinho amarelo, ouvi de meus companheiros chimpanzés que tem um novo indivíduo de pena lá próximo ao clube dos patos. Só seguir a Rua dos Bobos até o fim que vai chegar no clube. _ Falou alto o Gorila, que era diferente da forma de falar do Pônei!

_ Legal! Temos uma pista. Então já vamos indo procurar o pintinho amarelo e também vamos procurar a pista da Fruta da Verdade! Somos espertos! Podem confiar na gente! _ Falou Caroline, pegando o Fofinho e já indo na direção da estrada que o Gorila apontou.

Todos desejaram boa sorte à dupla e prometeram que iam fazer de tudo para proteger a Rainha Luz dos besouros, e também falaram que iam fazer alguma coisa para chamar a atenção da Rainha e dos soldados besouros para eles, para deixarem os dois trabalharem com mais segurança.

Depois de andar um tempo na Rua dos Bobos, Caroline tinha certeza de que tinha chegado no lugar certo porque estava ali um monte de patos caminhando e conversando. Ela viu um patinho soltando pipa e foi falar com ele.

_ Oi, amigo patinho! Bela pipa! Você, por acaso, não viu um pintinho amarelo por aqui!? Estou procurando por ele.

_ Eu vi um sim! Ele estava ali na praça sentado conversando com os pombos. Se correr, deve pegar ele lá ainda! _ Falou o patinho da pipa.

_ Muito obrigada! Ajudou muito! _ Falou Caroline, correndo junto com o Fofinho!

Ao chegar na praça, finalmente Caroline viu o pintinho amarelo sentado em um banco e parecia chorar!

_ Oi! Sou Caroline e este é meu amigo Fofinho! Estamos te procurando há um tempão! Por que está chorando?!

_ Oi! Eu estou perdido! Quero ir embora e não sei o caminho!

_ Vamos te levar embora até o local de onde você veio, tá bom?! Nós estamos te procurando porque sua mãe pediu nossa ajuda! Nós te colocamos o nome de Doze! Qual é o seu nome?!

_ Ainda não tinha um nome! Gostei do nome Doze! Vocês também são do reino em que minha mãe vive?!

_ Meus pais são os donos da fazenda onde vocês moram!

_ Lembrei de você! Verdade! Sempre leva comida para a gente quando o homem grandão não leva! Desculpe eu não lembrar! Faz vinte oito dias que nasci! Ainda estou aprendendo as coisas!

_ Tudo bem! Sem problema! Vamos! Sua mãe já deve estar doida de preocupação! Até a minha para falar a verdade...

_ Então temos que ir logo! Senão, vamos ficar muito tempo de castigo!

_ Vamos levar você até o local que tem acesso à fazenda, mas vamos ficar mais um pouco aqui! Temos uma grande missão de salvar este reino e a Rainha Luz! _ Falou Caroline, muito séria!

_ Como assim?! Este reino está em perigo!? Todos com quem conversei não falaram nada sobre isto!

_ Acredito que muitos ainda não sabem que estão correndo perigo! Acho que não é para ficarem preocupados e desesperados. Vou tentar explicar... _ Caroline sentou-se no banco com o Doze e contou toda a história.

_ Isto é muito ruim! Fiz algumas amizades aqui! Quero ajudar a achar a Fruta da Verdade!

_ Não sabemos onde está e nem quanto tempo vamos ficar procurando! Viemos atrás de você e acabamos nos metendo nesta confusão toda! Nem as pessoas mais próximas da Rainha Luz sabem onde fica a Fruta da Verdade! _ Falou Caroline, desapontada.

_ Eu estive pensando aqui comigo, Caroline. Agora que achamos o Doze e estamos mais aliviados de que ele não está machucado ou preso, veio em minha cabeça o seguinte: Chama-se Fruta da Verdade porque ela originou estes reinos que são divididos em três, que descobrimos que é uma parte da Rainha Luz, outra da Rainha Treva e mais uma da Rainha Gelo! A Rainha Treva quer conquistar todo o território da Rainha Luz e, com certeza, depois de ter conquistado e ficado muito forte, vai querer conquistar o da Rainha Gelo. Ficamos sabendo que a Rainha Gelo não liga para estes reinos porque é quente demais e, mesmo ela sendo poderosa, só se interessaria se soubesse onde estava a Fruta da Verdade! Única que não pensa em conquistar a parte dos outros reinos ou quer usar a Fruta da Verdade por interesse próprio é a Rainha Luz. Então, eu pensei comigo. Se a árvore que dá a Fruta da Verdade estiver no centro que liga os três reinos?! É uma hipótese. Se soubermos onde fica a divisa que separa os três reinos, pode ser que lá encontremos uma pista.

_ Que fantástico, Fofinho! Você deve ter razão! Vamos levar o Doze e depois vamos procurar o centro que liga os reinos. Estou muito empolgada agora.

_ Não! Vamos já procurar! Posso ajudar? Depois que acharmos e ajudarmos a salvar o reino dos meus amigos, a gente volta junto! _ Falou o Doze.

_ Mas a sua mãe vai ficar muito brava! _ Falou Caroline, fazendo cara de que via a mãe galinha brava.

_ A sua mãe também! Se vocês podem se arriscar a ficar de castigo e apanhar por salvar este reino, eu também posso! Quanto mais rápido nós fizermos, mais rápido sairemos. Eu posso ajudar!

_ Tudo bem! Precisamos saber onde é o centro que liga os três reinos! _ Falou Caroline, pensando em chamar o Hood para perguntar.

_ Eu acho que vi um painel ali do outro lado da praça que tem um mapa deste reino! Eu estava olhando para ver se tinha algum lugar que levava para a fazenda. Vamos lá ver!

Todos seguiram o Doze e logo estavam na frente do painel que realmente tinha um mapa grande com as estradas dos reinos e mostrava caminhos que levam aos três castelos.

_ Aqui! Onde encontra estes três caminhos principais é o centro. Não parece ser longe! Veja que legal! O expresso centopeia passa por lá! _ Falou Caroline, mostrando felicidade.

_ Então vamos! _ Falou Fofinho, pegando a dianteira.

Todos correram para pegar o expresso centopeia e em pouco tempo estavam no centro do reino, e por coincidência era onde eles tinham chegado naquele lugar.

Capítulo 4
A Fruta da Verdade

A Fruta da Verdade

_ Doze, aqui é o lugar que dá para voltar para casa! Eu não sei exatamente ainda onde procurar a Fruta da Verdade e, se quiser ir embora, esta é a melhor chance! _ Avisou Caroline.

_ Vou ficar com você e o Fofinho! Vocês estão aqui por minha causa! Se eu for, todos vão vir comigo. Se temos que achar esta fruta e lutar com uma rainha do mal, então vamos fazer isto juntos. O problema é levar uma bronca da minha mãe depois!

_ E de meus pais! _ Falou Caroline, calculando os riscos.

_ Única pessoa que pode dar bronca em mim além da sua mãe, Doze, e seus pais, Caroline, é você mesmo, Caroline, porque eu fico com você lá na fazenda. Então, vamos atrás dessa fruta e saímos daqui o mais rápido possível!

_ Tudo bem, então Fofinho e Doze! Vamos ver o que temos e onde podemos começar! Não sabemos como é a fruta! Ninguém a viu. Não sabem onde fica e, o pior, os únicos três que não são daqui que estão procurando este fruto. Como saberemos se é a fruta se a acharmos?!

_ Que tal uma charada?! _ Falou a minhoca que era como porteira daquele lugar.

_ Que susto que nos deu, Dona Minhoca! Como assim? Charada?! _ Perguntou Caroline, curiosa.

_ Bem! Eu gosto de charadas! Talvez eu possa mostrar onde vocês podem começar se quiserem jogar um joguinho comigo de charadas! _ Falou a Minhoca.

_ Sabe onde está a Fruta da Verdade!? _ Perguntou o Doze.

_ Não sei se sei! Para saber se sei, tem que acertar umas charadas!

_ Se é só assim que podemos achar a fruta, aceitamos responder à charada. _ Falou Caroline, decidida.

_ Tá bom! Só tem uma regra! Só um de vocês pode participar do jogo. Vocês escolhem quem é o mais preparado e aí começamos a brincadeira. Vai ser divertida!

_ Só um?! O que acontece com os outros dois?! E o que acontece com quem participar?! Temos que saber antes! _ Perguntou Fofinho, mostrando preocupação.

_ Boa pergunta! Os que não vão responder, vão ter que ficar esperando. Não vão ouvir a charada, para que, se tiverem oportunidade, poderão jogar depois. Quem for jogar não pode falar a charada para ninguém, acertando ou não. Se a pessoa que for jogar errar a charada, ficará presa neste mundo, mas os outros vão poder ir embora sem problemas. Vocês escolhem.

_ Claro que não! Todos temos que ir embora juntos. É muito arriscado este jogo com a Dona Minhoca! _ Falou o Fofinho, totalmente incrédulo.

_ Se não jogarmos, este mundo vai acabar nas mãos da Rainha Treva. Não quero isso! Temos que ajudar! _ Falou Caroline.

_ Também acho que temos que ajudar. Como é culpa minha todos estarem aqui! Eu vou responder às perguntas. Se eu não acertar, vocês podem voltar e explicar para minha mãe que eu fiquei aqui por tentar fazer a coisa certa. Além de tudo, eu sou o Doze, tenho que arcar com as consequências que causei.

_ Não Doze! Não podemos pensar assim! A Dona Minhoca foi clara que seriam os mais capacitados. Eu sou! Você e o Fofinho não vão à escola, não é verdade!? Eu vou e a professora disse que eu era uma das mais espertas da sala. Então, esta é minha responsabilidade!

_ Não é justo! Eu não vou à escola porque você disse que não podia me levar! Sempre quis ir! _ Falou Fofinho, mostrando estar chateado.

_ Eu nem sei o que é escola! Assim também não acho justo. Minha mãe talvez me levasse quando eu ficasse mais alto. _ Falou Doze.

_Não podemos ficar o dia todo discutindo isso. Então, vamos tirar na sorte! Vamos tirar no Uni, Duni, Tê. _ Falou Caroline, prestes a começar a cantar.

_ O que é Uni, Duni, Tê?! _ Perguntou Doze.

_ Também quero saber! _ Falou a Minhoca, mostrando curiosidade.

_ Ora, Doze! Você não sabe nada mesmo, né?! Você é bem novinho! Deve ser isto! Uni, Duni, Tê é uma canção que, quando acaba, o escolhido é, neste caso, o ganhador. Eu jogo com o Fofinho direto e na maioria das vezes eu ganho. Agora vamos jogar entre nós três. A música é assim: "Uni, Duni, Tê. Salamê, Minguê. Um Sorvete Colorê. O Escolhido Foi Você!". Entendeu?! Aí vou apontando para um de nós três até acabar a música. Se parar em você, aí você é o ganhador e vai responder à charada da Dona Minhoca.

_ Entendi, Caroline! Parece justo! Então, vamos ver o que vai dar! Eu e o Doze ficamos aqui um do lado do outro?!

_ Sim! Eu fico aqui na frente e vou começar! "Uni, duni, tê. Salamê, minguê. Um sorvete colorê. O escolhido foi você!". Ganhei! Eu respondo!

_ Ela é muito sortuda neste jogo, Doze! Ganho muito pouco!

_ É! Estou vendo! Parece que ela é sortuda mesmo! Então ficaremos aqui esperando! Não demorem!

_ Tá bom! Se cuidem, vocês dois! Não fiquem de bobeira, senão pode passar um soldado Besouro e pegar vocês. Fiquem bem espertos.

_ Tá bom! _ Responderam os dois ao mesmo tempo.

Caroline começou a seguir Minhoca e as duas entraram em uma porta. Depois de caminhar algum tempo dentro de um buraco, a Minhoca parou e tinha uma pedra e ela pediu para Caroline se sentar.

_ Caroline! Está preparada para começar!? Não vai ser de sorte como o Uni, Duni, Tê.

_ Estou sim, Dona Minhoca! Vamos começar! Mas antes me responda uma coisa! Por que a senhora trabalha como porteira aqui?!

_ Esta pergunta é muito difícil de responder?! É como você responder por que vai à escola?!

_ Oras! Para eu aprender! Saber das coisas! Poder crescer, trabalhar e cuidar da minha família!

_ Foi na escola que você aprendeu a andar, correr, falar, abraçar, amar, cantar e comer?!

_ Não...

_ Então, você pode aprender também sem precisar ir à escola!

_ Mas...

_ Não estou dizendo que ir à escola é errado. Estou dizendo que você vai, mas não sabe exatamente o que quer aprender e eles ensinam a mesma coisa para todo mundo, não é verdade?!

_ Sim!

_ Então, uma pessoa grande que é professor e o que é um cantor foram à escola e aprenderam a mesma coisa, mas trabalham em coisas diferentes. Não é estranho eles fazerem coisas diferentes, mas serem testados da mesma forma?

_ Como assim?!

_ O professor! Ele estava interessado em aprender para poder dar aula. Então, se dedicou bastante à escrita, ao cálculo e como ensinar. O cantor queria aprender arte, cultura e não queria aprender a dar aula ou se dedicar tanto à matemática, por exemplo. Então! Ele podia ter aprendido o básico e ter se dedicado a maior parte da vida dele em coisas ligadas ao que ele gostava de fazer. Ficaria mais feliz assim! Não concorda?!

_ E se ele não soubesse o que queria ser?!

_ Sim! Se ele não soubesse, como antes dele, tiveram pessoas que também não sabiam, estudaram e aprenderam como descobrir o que queriam, para poder ensinar a ele a encontrar o que queria e talvez ensinar quem tivesse também dúvidas no futuro. Um ajudaria o outro. Artista, ajudaria artista, professores, ajudaria professores a ensinar, médico, ajudaria futuros médicos e assim vai. Não acho que seja interessante uma pessoa que gosta de fazer foguete perder um bom tempo sendo obrigada a jogar bola, por exemplo. Neste caso, a escola tenta nivelar todo mundo no mesmo patamar e todo mundo tem interesses diferentes. Uma pessoa quer ser cozinheira e a outra quer ser jogadora de basquete. As duas sendo forçadas a estudar coisas de que não gostam, é perda de tempo para todo mundo e isto poderia gerar estresses.

_ Só que este tipo de ensinamento está aí há muito tempo. Desde os pais, dos pais, dos pais de meus pais.

_ Não quer dizer que por ser um modo antigo de ser é que esteja certo! Eu sou uma minhoca! Não gostaria de ser comparado com as habilidades de um pintinho amarelo ou de um hamster, por exemplo. Eu tomo conta das entradas e saídas porque aqui para trafegar é como se fosse um túnel. Minhoca gosta de estar em túneis feitos em terra. Imagina se o que aqui estivesse tomando conta fosse um peixe, por exemplo?! Não sei se daria muito certo, não é verdade?! É atribuir a mesma função a todos daqui como se fossem todos os mesmos. Você não viu nenhuma minhoca vendendo pasta lá fora! Viu?!

_ Na verdade, eu só vi a senhora como minhoca aqui!

_ Como sabe que sou a mesma minhoca que viu antes?!

_ Não sei...

_ É assim que a escola vê todos vocês. Para mim, acham que todos são só uma pessoa. Não prestigiam a diferença e o interesse de cada uma.

_ Acha que eu devo parar de estudar?!

_ Não! Você deve e tem que estudar sempre ou acha que seus pais saíram da escola e pararam de estudar?! Seus pais não sabiam ser seus pais, até estudaram para ser quando você nasceu. Tiveram que perguntar, ler, entender e ir atrás para serem bons pais. Estão estudando até hoje.

_ Acho que você tem razão...

_ Sua mãe deve ser uma boa cozinheira.

_ É sim! Cozinha muito bem!

_ Tenho certeza de que, quando ela quer fazer um prato novo que nunca fez, ela estuda antes como faz, não é?!

_ Sim! Ela procura receita na internet, em livros ou pergunta para minha vó.

_ Então! Sua mãe saiu da escola e continua estudando. Ela sempre vai continuar a estudar na vida. Por isto, para mim, é injusto medir a capacidade de todos vocês com o mesmo nível de situação, que sejam interesses diferentes. Ler, escrever e fazer contas, até entendo. Cozinhar o básico para viver, entendo! Estudar para a sobrevivência básica da vida, entendo! Mas, fazer o todo uma grade de escola que segue a mesma regra para todos os alunos como se fossem as mesmas pessoas. Isto eu não entendo.

_ Você fez parecer muito confuso mesmo agora!

_ Então é por isto que não entenderia o real motivo pelo qual tomo conta das portas aqui.

_ As charadas são dos níveis das explicações que acabou de me dar?!

_ Achou minha explicação complicada?

_ Não! Eu entendi muito bem o que você quis me passar! Mesmo assim, como você mesmo disse, sobre não entender todo o processo de aprendizado e achar que cada um é diferente. Se a sua charada tiver uma resposta que é verdade para você e uma resposta que seja verdade para mim, isto não seria o mesmo que nivelar a verdade para todo mundo!?

Dona Minhoca é muito inteligente!

_ Talvez possa estar aí a primeira charada e já começaríamos!

_ Como assim?!

_ O que você tá procurando?!

_ A Fruta da Verdade!

_ E se a charada foi feita para saber o quão você quer encontrar a Fruta da Verdade entregando a sua verdade?! Como seriam as perguntas?!

Caroline não estava esperando por isso e percebeu que ali estava a primeira charada, mesmo a Dona Minhoca não dizendo que já tinha começado. Ela pensou consigo mesma, pois seus amigos dependiam dela naquele momento. Se ela errasse, tudo estaria perdido. Novamente, ela sentiu medo por estar sozinha. Queria conselhos ou uma segurança no que podia responder. Não era fácil ter tanta responsabilidade assim em suas mãos. Deu uma vontade de chorar. Talvez ela não estivesse preparada! Devia ter vindo o Fofinho ou o Doze. Ela não estava à altura de uma coisa tão importante. Depois, ela repetiu a pergunta para si mesma em voz baixa e fechou os olhos. Se era entregando sua verdade! Como seriam as perguntas?!

Caroline lembrou que, quando estava na horta com seu pai, ele explicava que as sementes tinham que ser plantadas com cuidado e depois regadas sempre para poder crescer forte. A terra tinha que estar fofa e com adubos para dar nutrientes para o pé crescer saudável. Será que era isto?! Regas e nutrientes. Assim, quais deveriam ser as perguntas?

_ Eu acredito que minhas respostas têm que ser as mais sinceras possíveis, porque a pergunta seria para saber sobre o motivo pelo qual eu gostaria de encontrar a fruta, se é para o bem ou para alguma coisa egoísta!

_ Muito bem! Você acertou em cheio! Parabéns!

Caroline ficou feliz! Ela estava se sentindo orgulhosa por ter conseguido. Na verdade, era mais importante para ela continuar focada que ainda não tinha acabado os testes. Mesmo assim, ela fechou os pulsos e chacoalhou os braços na frente do seu corpo como comemoração.

_ Quem merece mais a fruta. A Rainha Luz, Treva ou a do Gelo?!

Esta pergunta foi difícil até para entender! Quem merecia mais?! Todo aquele trabalho não era para dar para a Rainha Luz para ela melhorar e salvar o reino? Que tipo de pergunta seria essa? A menina olhou para os seus pés e pensou, não tinha uma resposta mais clara que a Rainha Luz. Mas, por que ela estava receosa em responder à pergunta?

_ Não tem como responder neste momento. A fruta seria para a rainha, que está mais preocupada com todos os reinos.

_ A resposta poderá ser verdadeira, mas ainda tem um detalhe! Você veio atrás da fruta para dar para uma rainha que já escolheu. Você tem certeza de que ela quer o melhor para todos os reinos?

_ Não!

_ Então!?

_ Tenho certeza no que estão lutando para ser melhor para todos. Neste caso, é o Hood e os amigos deles. Eles estão há mais tempo aqui e conhecem os reinos melhor que eu. A amizade deles e a confiança deles são suficientes para eu saber que, se eu entregar a fruta para a Rainha Luz, será o melhor para os reinos.

_ Está certa!

Novamente, Caroline se encheu de alegria e até uma lágrima de felicidade caiu. O que ela respondeu veio do coração e isto esquentava o seu peito!

_ Por que estou sentindo tanta alegria assim, Dona Minhoca?! Eu já acertei todas as perguntas na escola e não fiquei assim tão feliz!

_ Você está experimentando a real forma do que chamam de fé! Você está acreditando no que está falando e isto é bom!

_ Sim! Muito bom! Não sabia que isto era fé! Vou acertar todas as perguntas!

_ Não tenho mais perguntas.

_ Pensei que eram várias perguntas de charada!

_ Podia ser uma ou dezena! O meu trabalho era dar o tempo para a fruta poder amadurecer!

_ Amadurecer!?

_ A Fruta da Verdade aparece para quem procura e não fica em um lugar qualquer no reino. Ela brota no instante em que a procuram. Se a pessoa que procura tiver medo e dúvidas, ela não amadurece e desaparece do mesmo jeito que foi brotada. Em um instante.

_ Eu ainda não entendi!

_ Você e seus amigos saíram para procurar a Fruta da Verdade! Se apenas tivessem fé, onde estivessem, ela já brotaria e apareceria para vocês. Não precisavam se deslocar!

_ Mas então por que nos separamos se podia aparecer para todo mundo?!

_ Começou pela crença e confiança na amizade de vocês. Este era um teste de confiança mesmo. Eles acreditaram que vocês conseguiriam e você acreditou que conseguiria. Já começou aí a crescer o fruto de vocês. Depois, a fé que deu na resposta. Quando você me disse que poderia ser verdade para você e para mim não, eu nunca ia julgar suas respostas. Você julgaria se estivesse falando a verdade ou não. Por isso que falei, se tivesse dúvidas, eu continuaria fazendo perguntas até você acreditar em você mesma ou desistir.

_ Entendi! Cadê o fruto?!

_ Agora é com você! Quando quiser que ela realmente apareça! Ela vai estar à sua disposição! Ela é sua!

_ Não entendi ainda!

_ Quer voltar para os seus amigos ou quer esperar encontrá-la primeiro?

_ Quero encontrar meus amigos se não tiver problemas.

_ Claro que não! Só passar por aquela porta! Sou a da portaria desse lugar, lembra?!

Caroline viu uma porta que não estava ali pouco tempo antes. Ela se levantou e se despediu com um sorriso. Ao abrir a porta, viu seus amigos que mostraram alegria em vê-la.

_ Você voltou! Como foi lá?! _ Perguntou Fofinho, saltando de alegria.

_ No começo foi assustador! Depois, acho que consegui me acalmar e fazer tudo certo!

_ Conseguiu a fruta!? _ Perguntou o Doze!

_ Então...

Caroline sentou-se e explicou tudo o que aconteceu quando ela estava com a minhoca até o momento em que ela saiu e os encontrou. Então, depois de terminar, ela perguntou se tinham ideia de resolver aquela última charada.

_ Bem! Temos a fruta e mesmo assim, temos que descobrir como invocá-la, é isso né?! _ Perguntou o Doze.

_ Isso mesmo! Parece que todos nós conseguimos com amizade e fé! _ Respondeu Caroline.

_ Então! Temos que ter fé que, no momento em que precisarmos dela, ela vai aparecer! Agora o que podemos fazer é encontrar a Rainha Luz. _ Falou Fofinho.

Quando eles iam planejar o próximo passo, apareceram vários besouros no começo da estrada, vindo marchando.

_ Não podemos chamar a Dona Onça agora! Se ela aparecer, os soldados besouros vão atacar e prender todo mundo. Temos que fugir e nos esconder por enquanto. _ Falou Caroline em sussurros.

_ Se a Dona Minhoca tivesse aqui, poderíamos entrar em uma das portas dela. Que tal corrermos até onde sai o expresso centopeia?! _ Falou o Fofinho.

_ Acho que é nossa única saída por enquanto.

Todos os abaixados andavam se escondendo em alguns arbustos para não serem vistos pelos soldados e, quando dava, corriam para chegar no ponto do expresso. Ao chegar perto, ficaram felizes com um monte de garça vendendo pasta esperando o expresso centopeia e se misturaram. Caroline andava de joelho para tentar ficar na altura de todas as garças. Assim que o expresso centopeia chegou, entraram enquanto falavam "não" para algumas garças que tentavam vender pastas para eles.

Já tinham partido do ponto quando os soldados besouros chegaram lá. Aliviados, se encostaram na centopeia por terem escapado.

_ Foi por pouco! Quase que estes soldados besouros nos viram! São capazes de nos prender só porque somos um pouco diferentes e talvez os outros besouros que vocês enganaram, descreveram vocês. _ Falou o Doze.

_ Tem razão! Não temos muito o que fazer, então! Teremos que encontrar um lugar seguro e depois chamar a Dona Onça! Qual de vocês sabe assobiar?! _ Falou o Fofinho.

_ Eu não sei! Eu tenho bico, lembram!? _ Falou o Doze.

_ Por você ter bico, devia ser mais fácil. Pássaros não assobiam?! _ Perguntou Fofinho.

_ Não sei se pássaros assobiam. Eu sou um pintinho, lembra?! Eu sei piar e não assobiar!

Expresso Centopéia

_ Você tem penas! Devia saber assobiar!

_ Fofinho, você tem dentões de rato! Devia saber assobiar sem dificuldades! _ Falou Doze, irritado.

_ Como que ter dentes grandes é motivo para saber assobiar?! De onde tirou isto?! Eu sou um hamster! Hamsters sabem correr e não assobiar.

_ Parem de brigar, vocês dois! Temos muitos problemas. Eu estava treinando assobiar na escola com minhas amigas. Não sou tão boa, mas, acho que dá para chamar a Dona Onça!

_ Por que não falamos lá na reunião que não sabíamos assobiar?! Agora pode ser tarde e nunca vão nos encontrar! _ Falou o Fofinho desanimado.

_ Não ouviu que a Caroline estava treinando?! Nem esperou e já tá dizendo que não vai dar certo? Vamos encontrar um lugar primeiro. Se não conseguirmos assobiar, procuramos alguém neste reino que saiba e pedimos para fazer isto para nós.

_ A gente tinha um problema! Agora temos dois... Vamos nos acalmar! Doze, você tenta pensar como vamos pegar a fruta e Fofinho, você pensa como podemos achar alguém que saiba assobiar se precisar. Eu vou tentar descobrir para onde estamos indo. Assim, ninguém fica irritado.

Caroline se levantou e foi falar com as garças, enquanto Fofinho fazia cara de que estava pensando e às vezes fazia uma cara que teve uma boa ideia e depois chacoalhava a cabeça negativamente, descartando a própria ideia. Doze ficava pensando também e começou a andar de um lado para o outro com as asas em cima das costas, mostrando estar concentrado no que estava pensando. Passou um tempinho e a Caroline voltou.

_ Não tenho boas notícias. Parece que a próxima parada é bem no Tombo da Alegria, reino da Rainha Treva. Vai demorar um pouco para o expresso centopeia voltar para o Reino das Margaridas, o reino da Rainha Luz. Se lá onde estávamos já estava cheio de soldados besouros andando, imagina agora!? Mesmo que eu consiga assobiar, não posso chamar a Dona Onça ainda.

_ O ruim, se formos pegos, é aparecer a Fruta da Verdade bem neste momento. Aí a Rainha Treva vence e estragamos tudo. Sem contar que vamos ficar de castigo pelo resto da vida por não voltar logo para casa. _ Choramingou o Doze.

_ Temos que pensar em uma saída. Não podemos desistir agora! Juntos, podemos resolver isso! _ Falou Caroline.

_ Isso! Juntos! Eles estão procurando um grupo de pessoas aliadas. Se fingirmos que não nos conhecemos por enquanto. Vamos passar por pessoas comuns fazendo coisas comuns. Talvez vendamos pastas. _ Falou Fofinho.

_ Vender pasta não é coisa de garças?! _ Perguntou o Doze.

_ Não sei! Acho que os besouros também não sabem! Eles não estão interessados nos vendedores de pastas e sim nos que ajudam a Rainha Luz. _ Falou Fofinho.

_ Acho que vai dar certo esta ideia. Vamos ver como eles vendem estas pastas e vamos ficar um pouco distantes um do outro. Temos que nos despistar dos soldados besouros e quem sabe, agora no Tombo da Alegria, conseguimos informações importantes. _ Falou Caroline.

Para comprar a pasta, era um aperto de mão e cada um comprou uma pasta e deixou três garças felizes que agora podiam voltar mais cedo para casa. Ao descerem no ponto onde era o reino da Rainha Treva, fingiam vender pasta e ofereciam até para árvores. O lugar era muito seco e nublado, parecia que estavam no outono. O pessoal por ali andava de cabeça baixa e parecia não estar muito feliz.

Caroline viu uma cigarra muito triste sentada em um balde e na sua frente tinha uma bateria. Ela resolveu ir conversar com a cigarra.

_ Oi, Seu Cigarra! Estou aqui com uma pasta, mas, na verdade, não quero vender! Por que está triste?!

_ Queria tocar bateria! Mas quebrou minhas baquetas. Não sei se sabe, mas as baquetas são uns pauzinhos que usamos para bater e fazer o som na bateria.

_ Nossa! Que triste isto! Por que não compra outras baquetas?!

*Seu Cigarra feliz com a sua
nova baqueta na bateria*

_ Não vendem em lugar nenhum aqui! Na verdade, tudo que é de música está acabando! Então, está difícil achar as coisas para podermos fazer um som legal.

_ Queria poder ajudar!

_ Infelizmente, não tem muito o que fazer!

_ Espera um pouquinho, acho que tive uma ideia.

Caroline correu para perto de umas árvores e começou a procurar no chão e achou dois galhos mais ou menos da mesma grossura e tamanho e levou para a cigarra.

_ Toma! Tente tocar com estas baquetas.

_ Nossa! Onde você conseguiu encontrar baquetas tão bonitas?!

_ Elas eram suas! Só estavam perdidas. Toque e veja se você gosta delas.

A Cigarra começou a tocar a bateria e todos ali por perto começaram a bater palmas e dançar. O lugar que era triste e sem graça começou a ficar cheio de sorriso e animação. Até mesmo Caroline colocou as mãos na cintura, batia com o pé no chão e rodopiava. Todo mundo ria e aplaudia o espetáculo da cigarra quando chegaram um monte de soldados besouros dizendo para pararem com a festa. A cigarra chamou Caroline e os dois correram até uma árvore que tinha um buraco onde podiam se esconder lá dentro.

_ Nossa! Desculpa! Tinha esquecido que a felicidade era proibida neste lugar.

_ Não é que não pode! É que, de uns tempos para cá, estes soldados querem proibir festas. Parece que alegria dá força para a inimiga da Rainha Treva. Então, eles tentam coibir isso neste reino. Porém, graças às novas baquetas que você trouxe para mim, é questão de tempo para conseguirmos recuperar o nosso som. Hoje eu estou sozinho. Amanhã vão aparecer outros músicos e aí poderemos enfrentar estes soldados.

_ Que legal! Fico feliz que consegui ajudar!

_ O que posso fazer para recompensar o que fizeram para a gente?!

_ Você é músico! Queria aprender a assobiar!

_ Isto é fácil! Te ensino!

_ Não! É que, se eu assobiar, uma amiga aparece e, com estes soldados aí fora, ela vai ser presa.

_ Aqui dentro desta árvore não sai o som! Por isso, conseguimos conversar sem os soldados besouros nos ouvirem.

_ Ah, é?! Não sabia disso!

_ Olha aqui, soldados burroooos e feioooos! _ Gritou a cigarra! _ Viu!? Eles não escutam porque esta árvore é do segredo! Então, tudo que falar aqui, fica só aqui!

Dentro da árvore do segredo, Caroline treinou com a cigarra a arte de assobiar e logo ela estava fazendo direitinho.

_ Muito obrigada pela ajuda, Seu Cigarra. Agora posso chamar a minha amiga. Muito obrigada mesmo!

_ Eu que agradeço. Você salvou a alegria desse lugar! Obrigado pelas baquetas novas.

_ Se quebrar, eu vi um monte de baquetas novas ali perto das árvores, só ir lá escolher as que quiser.

_ Nossa! Fantástico! Muito obrigado.

_ Os soldados já foram! Preciso encontrar meus amigos e ir pegar o expresso centopeia. Quando conseguir conquistar a música desse lugar, quero voltar aqui para dançar. Até mais.

_ Até mais, minha amiga! Esta fruta é sua, né?!

Quando Caroline viu do seu lado, tinha uma maçã bem vermelhinha perto dela.

_ Esta é a fruta da...

_ Fruta dá?!

_ Nada não! Esta fruta é minha sim! Tenho que dar para uma amiga doente!

_ Então, tudo bem! Volte para nos visitar!

_ Tá bom!

Caroline saiu correndo e começou a chamar o Doze e o Fofinho e logo estavam juntos.

_ Consegui! Consegui! Vejam! A Fruta da Verdade!

_ Como você conseguiu!? _ Perguntou Fofinho.

_ Não sei direito! Acho que quando ajudei o pessoal aqui a recuperar a música e depois me esforcei para aprender a assobiar, a fruta viu a verdade no meu desejo de ajudar este lugar. Acho que foi isso.

_ Muito legal! Parabéns! _ Comemorou o Doze.

_ Bem! Temos que decidir aqui! Se eu assobiar, a Dona Onça vai aparecer! Mas se nós acompanharmos ela, vamos demorar muito! Acho que temos que dar a maçã para ela levar para Rainha Luz recuperar suas forças e depois a gente se reunir com eles. O que acham? _ Perguntou Caroline.

_ Sim! Com a gente, Dona Onça vai ter que ir devagar e sozinha ela vai chegar na rainha muito mais rápido. Concordo! _ Falou Doze.

_ Também concordo! _ Confirmou o Fofinho.

Caroline assobiou e, em poucos minutos, a onça apareceu, assustando muitos que estavam ali por perto.

_ Dona Onça! Desculpa te chamar aqui, mas isso é mais importante. Aqui está a Fruta da Verdade e achamos melhor a senhora ir levar direto para a rainha. Nós vamos voltar lá no bambuzal sem sermos vistos e nos encontramos lá. Assim a gente não atrasa e nem atrapalha sua jornada. _ Falou Caroline.

_ Tem certeza?! Vocês que conseguiram o fruto.

_ Sim! Não podemos ir tão rápido e agora o que importa é a Rainha Luz ficar forte logo. Depois que nos encontrarmos, vamos poder lutar contra a Rainha Treva. Vai rápido que já voltarão os soldados besouros e aí nós não vamos poder escapar.

_ Tá bom! Então, se apressem, por favor!

Em um piscar de olhos, a onça sumiu! Os três correram no ponto do expresso centopeia que já estava chegando quando viram muitos soldados besouros chegando. Foi eles partirem, viram muitos e muitos soldados procurando o que poderia ser a Dona Onça e seus amigos.

Qual o mistérios da Rainha Luz?
Descobriresmos no próximo capítulo!

Capítulo 5
Segredo da Rainha Luz

A viagem de volta ao reino da Rainha Luz foi intensa e muito silenciosa. Todos estavam assustados e Caroline estava pensando longe. Lembrou-se do dia em que ela foi para a escola e, no meio do caminho, começou a chover e ela teve que se esconder embaixo de um rancho. Estava chovendo bastante e, se ela não chegasse na escola logo, perderia o dia de prova e ela tinha estudado tanto para aquela prova. Já estava muito triste e achou que a única maneira de chegar era sair correndo para não molhar tanto, mesmo com o risco de perder todos os cadernos que eram feitos de papel. Foi aí que seu pai buzinou e ela viu a caminhonete. Seu pai saiu da caminhonete com um grande guarda-chuva e foi buscá-la no rancho. Ela o abraçou demoradamente. Seu pai sempre a salvava quando ela estava com problemas. Um verdadeiro herói. Será que ele apareceria ali para salvá-la agora? Dificilmente seu pai apareceria, pois estava viajando. Sua mãe estava muito ocupada cuidando da fazenda inteira sozinha. Caroline tinha que ser forte por causa do Fofinho e do Doze. Eles precisavam dela naquele momento. Então ela respirou fundo e faria igual ao pai. Forte e corajoso para sempre poder ajudar quem amava.

_ Estamos chegando perto da rua dos Bobos e podemos ir para o bambuzal. Preciso saber de vocês dois se querem continuar ou vão voltar para a fazenda, que lá é mais seguro. Sua mãe, Doze, vai te defender e você, Fofinho, a minha mãe vai cuidar de você!

_ Vamos ficar juntos até o fim! Começamos isso juntos e vamos terminar juntos! Não vou voltar para a fazenda sem você, Caroline!

_ Eu também não vou! Minha mãe entenderá com certeza e eu tenho mais onze irmãos para ela se preocupar agora! Se eu voltar e ela souber que te deixei aqui sozinha, ela vai me dar uma surra com certeza! Vamos terminar nossa missão e voltar para casa.

_ Vocês são bons amigos! Eu queria ser forte igual ao meu pai e inteligente igual à minha mãe! Só que sou só a Caroline! A menina simples que vocês conhecem.

_ Você encontrou a Fruta da Verdade onde ninguém aqui ainda tinha encontrado. Isso é muito bom para todo mundo. A Rainha Luz está ficando forte, temos muita chance de vencer a Rainha Treva. Graças ao Fruto que achamos por sua causa. _ Falou Fofinho com um sorriso.

_ Concordo com ele, Caroline! Vocês me encontraram e eu estava sem esperança! Agora com vocês aqui, eu acredito que posso fazer qualquer coisa. Principalmente, voltar para casa! Então, vamos conseguir.

Caroline pegou os dois amigos e os abraçou com muito carinho, mesmo com o protesto dos dois de que estava muito apertado!

_ Vocês dois são muito bobos! Eu gosto de abraçar e vou abraçar vocês sim!

_ Tá tudo bem! Mas não precisa esmagar a gente da próxima vez! Veja! Chegamos! Temos que ser rápidos, pois acredito que agora que sabem que nós conversamos com a Dona Onça bem no reino do Tombo da Alegria, a Rainha Treva deve estar muito brava. _ Falou Fofinho pulando do expresso centopeia.

_ Concordo! Devemos ter muito cuidado também para não sermos seguidos! Se nos encontrarmos, estaremos perdidos e ficaremos presos para sempre. _ Concordou Doze!

Estavam andando e vigiando todo o caminho! Até aquele momento, eles não viram nenhum perigo ou presença de algum soldado besouro.

_ Alguém já viu a Rainha Treva alguma vez!? _ Perguntou Fofinho.

_ Eu nunca vi! _ Respondeu Doze.

_ Também não a vi e nem a Rainha Luz. _ Falou Caroline.

_ Se estivermos andando aqui preocupados só com os soldados besouros e encontrarmos sem querer a Rainha Treva?! Como saberemos se estamos em perigo?! _ Perguntou Fofinho.

_ Devíamos ter perguntado para a Dona Onça! Mas se chamarmos ela agora, acredito que, mesmo ela sendo rápida, podem rastrear a gente e a Dona Onça não conseguiria carregar todo mundo. Temos que evitar todos, então daqui para frente até encontrarmos os outros que já conhecemos. _ Falou Caroline, decidida.

_ Sim! Nós fomos parar no Tombo da Alegria! Pode ser que a Rainha Treva esteja andando por aqui no Reino das Margaridas e aproveitando que a Rainha Luz não está se sentindo bem para nos surpreender! _ Falou Doze.

_ Falando nisso! Será que a fruta curou a Rainha Luz!? Não dá para saber ainda e isto deixa todo mundo meio perdido aqui. _ Falou Fofinho.

_ Tenho quase certeza de que funcionou sim! Talvez seja igual ao xarope que minha mãe me dava quando eu ficava gripada. Eu tinha que tomar e descansar um pouco e, passava um tempo, eu ficava bem melhor. Às vezes, minha mãe me dava uma sopa deliciosa e outras ela me dava chá! Sempre melhorei! Com a Fruta da Verdade deve ser igual. A Rainha Luz come, depois descansa um pouco e pronto! Estará melhor e pronta para enfrentar a Rainha Treva. _ Falou Caroline, confiante.

_ Falando em Fruta da Verdade! Agora que foi encontrada, muitos viram a gente entregando para a Dona Onça! A Rainha Gelo pode aparecer também e, como ficamos sabendo, ela é poderosíssima. Se eu já tinha medo da Rainha Treva, a Rainha Gelo me deixa apavorado. _ Falou Fofinho.

_ Não podemos desanimar! Se a Rainha Gelo aparecer, vamos enfrentá-la também. Nós três juntos vamos e podemos fazer qualquer coisa! _ Falou Caroline, determinada.

_ Eu?! Sou tão pequenininho! _ Fofinho falou um pouco desanimado.

_ Não foi você que enfrentou os soldados besouros para eu poder soltar o Hood? Tem que ser muito grande para poder conseguir enfrentar aqueles soldados feios e salvar um dos heróis desse reino. Lembre-se de que ele foi capturado e ele é herói! Você foi muito corajoso, Fofinho! _ Falou Caroline.

_ Tem razão! Juntos, podemos enfrentar todos os perigos. _ Fofinho estava bem animado agora.

_ Mas e eu?! Eu não fiz nada. Só atrapalharia vocês dois... _ Choramingou Doze.

_ Se não fosse sua coragem e apetite por aventuras, nós não estaríamos aqui para poder ajudar estes seres divertidos e legais. Nós tivemos sorte de entrar no meio de sua aventura. Se veio até aqui sozinho, foi porque sabia de alguma forma que este povo precisava de alguém como você! _ Falou Caroline, convicta.

_ Sério?! Legal! Talvez eu estivesse no lugar certo e agora posso ajudar muitos deste lugar! Minha mãe e irmãos ficarão orgulhosos de mim. _ Comemorou Doze.

_ Estamos chegando! Ali na frente já vejo o bambuzal. Espero que todos estejam lá.

Caroline, Fofinho e Doze chegaram e não encontraram ninguém. Tudo estava em silêncio e, mesmo os três chamando, ninguém respondia.

_ Que estranho! Ninguém?! Será que aconteceu alguma coisa?! _ Perguntou Fofinho.

_ Não sei! Vamos esperar um pouco! Talvez estejam atrasados. _ Falou Caroline, se sentando.

Os três se sentaram e Caroline ficava jogando umas pedrinhas no lago quando uma grande sombra atrás deles começou a crescer, cobrindo-os.

_ Senhor Gorila!? Que susto que nos deu! Estamos esperando todos aqui já faz um tempinho. _ Falou Caroline.

_ Desculpa se os assustei! Todos já estão chegando! Tivemos que dar um jeito de fazer os soldados besouros irem para longe, para não chegarem aqui de surpresa. _ Falou o Gorila com sua voz potente.

_ Então foi isso! Achamos que tinha acontecido algum problema grave por não ter ninguém aqui! _ Falou Fofinho, mostrando estar mais tranquilo.

Todos os três amigos ficaram mais calmos. Com certeza, o Senhor Gorila era um dos mais fortes amigos da Rainha Luz. Ele por ali era com certeza uma boa notícia. Senhor Gorila, falava com sua voz grossa sobre como todos estavam admirados que três forasteiros muito corajosos conseguiram o Fruto da Verdade e todos já os viam como heróis corajosos que trouxeram esperança para o reino.

O Gorila, mesmo tentando falar baixo, sua voz saía muito alto e foi quando apareceu o Pônei. O Pônei já era o oposto. Falava baixinho e calmo e parecia estar sempre tranquilo. Os dois, conversando um com o outro, divertiam bastante os três amigos. Um falando alto demais e outro falando baixo demais. Era tão divertido que os três começaram a rir e os dois paravam de falar para tentar entender do que eles estavam rindo.

Pouco tempo depois, foi chegando a Zebra, a Onça e o Jacaré. Todos se sentaram e explicaram como fizeram para levar os soldados besouros para longe. Finalmente chegou o Hood com o Panda.

_ Hood! Você sempre sendo um dos últimos a chegar! Quando teremos a honra de vê-lo ser um dos primeiros? _ Falou a Zebra rindo.

_ Não tem nem comparação a velocidade sua e da Dona Onça, senhorita Zebra! _ Se defendeu Hood.

_ Você voa! _ Falou a onça contra-atacando.

_ Ninguém vai me defender?! _ Perguntou Hood!

Ninguém se pronunciou e depois todos começaram a rir, deixando

Caroline se divertiu ao ver Hood fingindo estar bravo com as brincadeiras!

Hood sem graça.

_ Então, está bem! Caroline, Fofinho e Doze, parabéns pelo ótimo trabalho que fizeram em encontrar a Fruta da Verdade! A Rainha Luz já recebeu e acredito que a qualquer momento ela esteja aqui para agradecer a vocês pessoalmente. _ Falou Hood.

_ Que ótimo! Queríamos mesmo conhecer ela! Aliás! Estávamos pensando! Não sabemos quem é a Rainha Luz, mas, já a conheceremos e não sabemos quem é a Rainha Treva. Como vamos reconhecer caso encontremos com ela?! _ Perguntou Caroline.

_ A Rainha Luz tem uma coroa branca brilhante e um belo vestido branco e comprido. A Rainha Treva, ao contrário, tem uma coroa preta brilhante, um belo vestido preto e comprido. Agora, a Rainha Gelo, parece que sua coroa é feita de gelo e sua roupa também é feita de gelo, e saberá na hora quem é porque todo o ar perto dela fica gelado. Se conhecer uma, conhecerá todas as outras duas. _ Falou o Hood.

_ Por causa das coroas?! _ Perguntou Fofinho.

_ Não! Porque elas são trigêmeas. São três irmãs idênticas. _ Falou o Hood.

_ Trigêmeas?! Por que irmãs gêmeas ficam brigando?! Eu tenho mais onze irmãos e somos muito parecidos. Só que não ficamos brigando o tempo todo. Temos algumas diferenças sim, mas logo resolvemos e voltamos a ser amigos. Não entendo como três irmãs querem ficar brigando. _ Desabafou o Doze.

_ A Rainha Luz não quer brigar! Ela quer pacificar os três reinos. Sempre foi a vontade dela. A Rainha Treva quer dominar o máximo que ela puder e a Rainha Gelo só deseja conhecer o segredo da Fruta da Verdade para conquistar a eternidade, ela nem liga para estes reinos. Na verdade, todo este lugar era uma só. Por questão de escolhas e adaptações, a Mãe, criadora de tudo, dividiu em três reinos para tudo ficar em equilíbrio. Ela sempre disse que não existe o bem sem o mal e não existe o certo sem o errado. Também sempre diz que a paz existirá forte só depois de vencer as guerras entre os egos. Os três reinos divididos têm um pouco de orgulho, ganância e esperança. _ Explicou o Hood.

_ A única forma de tudo isso acabar então é uma vencendo a outra e dominando todo o reino sozinha!? _ Perguntou o Doze.

_ Muito pelo contrário. As três aceitarem que o reino é um só e não estão divididas por poder! A que está mais perto de entender isto é a Rainha Luz. Mesmo assim! Ela perdeu muita força nos últimos tempos. Talvez a Fruta da Verdade ajude a devolver o que ela perdeu há muito tempo. _ Afirmou o Hood.

_ O que ela perdeu?! _ Perguntou Caroline.

_ A esperança! A Rainha Luz descobriu que tudo podia ser melhor através da amizade e do desejo de cuidar de quem se ama. Isso ela aprendeu junto com a menina macaco sem pelo que há muito tempo tinha aparecido aqui. Infelizmente, a menina macaco sem pelo sumiu e a Rainha Luz perdeu sua alegria também. _ Falou o Panda!

_ Quem é essa menina macaco sem pelo?! _ Caroline ficou olhando para o Gorila, imaginando que ele sabia, já que o Panda não lembrava direito das coisas e das pessoas.

_ Eu não sei! Quando nasci, herdei as lutas de meus pais. Não sei todos os detalhes. _ Falou o Gorila.

Todos os outros também não sabiam direito. Apenas tinham escutado histórias. Coisas de quase sessenta anos atrás. Nem Hood sabia direito. O único que viveu tanto tempo era mesmo o Panda e, como ele às vezes lembrava e depois esquecia, então era comum o pessoal não achar estranho ele mudar de assunto, como se todos estivessem falando daquele novo assunto fazia um tempão.

_ Mas e os desenhos que ela fez de vocês?! _ Perguntou a Caroline, lembrando do desenho que o Panda deu.

_ Na verdade! Os desenhos são de nossos antepassados. O Panda acha que somos nossos pais! Assim que pegamos responsabilidade, herdamos o desejo de defender o Reino das Margaridas! _ Falou o Pônei com sua voz baixinha.

_ Entendi! Mas se faz uns sessenta anos que a Rainha Luz está assim, doente, quantos anos ela tem?! _ Perguntou Fofinho tentando fazer contas com as patinhas.

_ O Panda mesmo deve ter uns trezentos e cinquenta anos. A Rainha Luz cuidou do Panda quando ele era ainda um bebezinho. Nós aqui, tirando o Panda, temos quase a mesma idade, diferença de meses. O mais velho é o Hood, que está predestinado a ocupar o lugar do Panda futuramente. Ele tem cinquenta e nove anos! _ Falou o Pônei com sua voz baixinha.

_ Cinquenta e nove?! Mas ele parece uma criança! _ Falou Caroline, impressionada de que parecia que tinham quase a mesma idade.

_ O tempo daqui parece diferente do reino fazenda de que vocês vieram. _ Falou o Hood.

_ Isso é tão interessante! Quer dizer o quê... _ Antes de Caroline terminar, um monte de soldados besouros apareceu e todos levaram um susto.

_ Corram! _ Gritou o Gorila com sua voz potente para os três amigos.

Caroline, Fofinho e Doze correram, só que mais na frente, quando eles pareciam que iam escapar, apareceram mais alguns soldados besouros. Doze e Fofinho pularam na frente da Caroline e disseram que eles chamariam a atenção dos soldados para ela poder se esconder. Assim, os dois começaram a correr para o outro lado, deixando Caroline sozinha.

Caroline correu e se escondeu atrás de uma pedra enquanto uma confusão enorme para todos os lados ocorria naquele lugar. Caroline se odiou por ser tão fraca e não poder ajudar quando, de repente, umas trombetas foram ouvidas e todo mundo parou de correr de um lado para o outro.

Os soldados besouros começaram a gritar "Rainha Luz está chegando!" E começaram a fugir. Pareciam não gostar da luz que vinha de um ponto em cima da colina. Caroline viu alguns soldados besouros correndo e carregando Fofinho e o Doze. Caroline gritou para soltarem seus amigos, mas eles já estavam longe. Apareceram várias formigas vermelhas com lança na mão e uma delas perguntou se estava tudo bem com Caroline. Ela, ainda um pouco assustada, confirmou que estava bem.

Caroline voltou e viu o Senhor Gorila sozinho segurando uns cinco soldados besouros, enquanto os outros tinham prendido um cada e o Panda tinha pegado três. Fizeram um círculo e colocaram todos os soldados besouros que foram capturados no meio da roda e ficaram esperando.

_ Fofinho e o Doze foram sequestrados. Precisamos procurar por eles. _ Falou Caroline, quase chorando.

_ Vários soldados formigas foram atrás, vamos encontrá-los, não se preocupe! _ Falou o Gorila com sua voz de trovão.

Todos ainda aguardavam quando a luz se aproximava deles. De repente, a luz foi apagando e Caroline viu que era uma bela moça de vestido branco e coroa brilhando, que segurava um cetro que foi apagando o brilho até ela conseguir ver totalmente o rosto da mulher. Ela era uma elfa, pois, Caroline sabia o que era uma elfa pelo livro de mitologia que ela leu uma vez na biblioteca. Cabelos compridos, negros, orelha pontuda e rosto muito bonito. Caroline percebeu ali que estava de frente com a Rainha Luz.

Caroline levou um susto quando a rainha olhou para ela e, um pouco confusa, a chamou por um nome.

_ Lurdes!? É você!?

_ Lurdes?! Não! Sou Caroline! Lurdes é o nome da minha avó!

_ Então me desculpe. A minha melhor amiga se chamava Lurdes e eu a amava muito. Brincávamos e conversávamos muito há mais de sessenta anos. Ela era muito parecida com você. O jeito de olhar, de falar e até mesmo a cara de espantada. Aí ela deixou de vir brincar e conversar comigo. A saudade me fez ficar muito fraca e quase perdi meu reino porque estava muito triste e não estava vendo o que acontecia por aqui!

_ Eu não sou a Lurdes! Mais de sessenta anos atrás!? Minha avó devia ter a minha idade, mais ou menos. Tem alguma foto dela para eu ver!? _ Perguntou Caroline!

_ Não temos fotos aqui. Só desenho! A Lurdes me disse que, quando eu tivesse dúvida se era ela, era só cantar uma canção que eu teria certeza.

A Rainha Luz começou a cantar uma canção que logo fez Caroline chorar de emoção e saudades. Era a mesma canção que sua avó cantava para ela quando ela dormia longe da fazenda e às vezes ficava com medo ou com saudade dos pais. Caroline amava aquela canção e começou a cantar também.

As duas se abraçaram e ali entenderam de vez o segredo da Rainha Luz! Lurdes, a melhor amiga da Rainha Luz, era a avó de Caroline! O tal macaco sem pelo de que o Panda tanto falava era a avó de Caroline.

_ Mas como pode?! Minha vó, linda, está velhinha e você parece ser mais nova que minha mãe.

_ Eu tenho quase mil anos, minha querida. Nós não envelhecemos como vocês. Acabo de perceber que conheço algumas gerações de sua família. Nunca tive uma amizade tão forte como eu tive com a sua avó, Lurdes. Parecia que éramos conhecidas há muito tempo. Talvez! Bem! Não vou pensar nisso agora. Mas acho que sua vó sempre voltou para me ver nestes mil anos e que,cada vez que uma aparecia aqui, ela relembrava que já tinha vindo. Você é a primeira, além da Lurdes e outras vidas dela, que apareceu aqui. Mesmo sabendo que um dia ela ia sumir por um tempo, esta última vez me afetou muito. Mas agora parece que posso ter duas de vocês vindo em intervalo de tempos e assim, talvez eu não me sinta tão sozinha de novo.

_ Isso é fantástico! Minha vó sempre disse que, se eu quisesse, eu poderia conhecer novos lugares e até mesmo novos reinos! Acho que era isto que ela estava tentando me dizer o tempo todo. Estou muito feliz!

_ Também estou feliz! Ela não me abandonou e parece que sempre lembrou de mim também! Como falei! Esta última vez, eu fui muito egoísta! Queria que ela vivesse aqui para sempre comigo e esqueci que ela tinha vida e família lá no lugar de onde vocês vieram. Se ela ficasse aqui, poderia nunca ter conhecido você e quero muito ser sua amiga, como sou da sua avó.

_ Seremos excelentes amigas! Eu gosto de fazer amizade e... _ Caroline lembrou dos amigos! _ Nossa! Fofinho e o Doze! Preciso ir atrás deles.

_ Claro! Estávamos esquecendo-os. Depois, conversaremos bastante.

O importante agora é salvar seus amigos e heróis desse reino. Pônei e Jacaré, vocês são os melhores para encontrar rastros. Vejam se conseguem encontrar onde levaram os dois!

_ Já estamos indo! _ Falou o Pônei com sua voz baixa e saiu acompanhado do Jacaré.

_ Panda e Gorila! Vocês serão o guarda-costas da Caroline. Ninguém pode chegar perto dela que não seja do nosso reino.

_ Vamos proteger! _ Falou o Gorila com sua voz potente.

_ Zebra e Onça! Peguem alguns soldados formigas e vejam todos os territórios que a Rainha Treva colocou seus soldados.

_ Já estamos indo. _ Falou a Onça e logo sumiu com a Zebra!

_ Hood! Você vem comigo! Temos que planejar um ataque para podermos parar a minha irmã! Depois que acabar tudo isso, vamos brincar e se divertir muito, Caroline. _ Com um sorriso, a Rainha Luz saiu, seguida pelo Hood!

Caroline não podia ficar parada. Tinha que fazer alguma coisa. Ela podia também ir atrás dos amigos, mas, como ela ia poder andar com o Gorila e o Panda juntos?! Eles chamariam muita atenção. Então, Caroline sentou-se e ficou pensando. O que sua avó faria numa situação dessa?!

Caroline sorriu quando percebeu que a Rainha Luz achava que ela era parecida com sua vózinha!

Qual o motivo da Rainha Treva ser tão brava?! Vamos descobrir!

Capítulo 6
Segredo da Rainha Treva

Caroline ficou em silêncio enquanto o Gorila andava de um lado para o outro e, às vezes, parava e ficava olhando fixo em um lugar! Dava a impressão de que ele podia ver muito longe. O Panda ficava mais sentado, comendo broto de bambu e às vezes parava de comer e parecia que escutava com atenção alguma coisa e depois voltava a comer. Caroline sabia que era para o bem dela e, mesmo assim, se sentia presa. Se levantou e disse que ia ao banheiro e apontou atrás de umas pedras amontoadas que estavam ali próximo. O Gorila e o Panda se olharam e não sabiam o que fazer neste caso.

_ A Zebra ou a Onça deviam ter ficado aqui para poder te acompanhar neste caso. Vamos chamar a Onça. _ Falou o Gorila com sua voz de trovão.

_ Não! Que constrangimento! Eu atrapalho o trabalho dos outros, por que preciso ir ao banheiro? Sério isso, Senhor Gorila?!

_ Não... _ Ficou quieto de repente, o gorila.

_ Só estamos preocupados com você, menina macaco sem pelo. Você viu quantos soldados... soldados... quais soldados que vieram aqui mesmo?! _ Colocou a mão no queixo como se estivesse pensando no Panda.

_ Besouro... _ Vociferou o Gorila, parecendo estar sem paciência.

_ Isso! Os soldados besouros. Queremos o seu bem, menina macaco sem pelo.

_ Se acontecer alguma coisa, eu grito! Pode ser?! Mas vocês têm que ficar olhando para o outro lado. Sou menina e meninos não podem ficar olhando para a gente quando vamos ao banheiro. Senão, vão todos ficar de castigo porque vou falar para a Rainha Luz.

Os dois se olharam e depois viraram as costas, respeitando a decisão de Caroline. A menina aproveitou e foi caminhando de costas para ver se eles não viravam e foi se afastando, afastando até achar que estava em uma distância segura e começou a correr. Correu tanto que achou que cairia no momento em que tentasse parar porque sentia que estava muito rápida. Como era de costume, já foi direto no ponto do expresso centopeia e, vendo as garças, já misturou no meio delas e foi negando as pastas antes delas oferecerem. Subiu no expresso centopeia quando viu o Senhor Panda correndo a procurando desajustadamente e o Senhor Gorila a chamando e batendo no peito tão alto que assustou até mesmo a centopeia. "Me desculpe, meus amigos! Só que vocês são muito grandes e só vão chamar a atenção se vierem comigo!", pensou Caroline, olhando os seus amigos ficando para trás e mostrando estar muito preocupados enquanto a procurava.

Ao chegar na terra no Tombo da Alegria, Caroline pulou antes mesmo da centopeia parar totalmente e foi tentando abrir espaço entre as garças no caminho. Andou um pouco e achou melhor se informar onde ficava o castelo da Rainha Treva. Ela nunca tinha ido e, logicamente, não sabia onde ficava. Se fosse para encontrar seus amigos, ela deveria enfrentar de vez a rainha que os sequestrou e, ao perguntar a um sapo, ele, meio assustado, apontava uma direção com seus longos dedos que tremiam.

_ Se eu fosse você, não iria para o castelo. Todos sabem que a rainha está muito nervosa. _ Falou o sapo, mostrando estar com medo.

_ Não tenho medo da Rainha Treva, Senhor Sapo. Só quero encontrar uns amigos meus que foram pegos por aqueles malvados soldados besouros.

_ Você é a menina Caroline que achou o Fruto da Verdade?!

_ Como sabe meu nome?!

_ Todo mundo do reino já sabe! Agora pouco, antes de você chegar aqui, teve um confronto entre os soldados pinguim da Rainha Gelo e os soldados besouros da Rainha Treva. Os soldados besouros estavam procurando momentos antes onde você poderia ter achado a Fruta da Verdade. Procuraram em todos os lugares e perguntaram também, ninguém sabia, claro! Aí chegaram os soldados pinguins, brigaram um pouco e, ao perceberem que não sabiam da Fruta da Verdade, foram embora. Não percebeu como tá um pouco mais frio aqui?! Fiquei sabendo que há mais de cinquenta anos não apareciam soldados pinguins no Tombo da Alegria.

_ Nossa! Que confusão! Alguém se machucou?!

_ Não! Poucas pessoas foram presas que supostamente tiveram contato com você!

_ Cadê o Seu Cigarra?!

_ Ela foi a primeira a ser presa! Acho que perceberam que a fruta não foi encontrada aqui! Foi onde que você achou?! Não! Melhor não! Prefiro não saber. Já estou correndo perigo em falar com você! Desculpa! Mas vou voltar correndo para casa e me trancar!

O sapo saiu pulando, assustado, e Caroline ficou novamente triste que mais um amigo dela foi preso por sua culpa. Ela respirou fundo e partiu em direção ao castelo. No caminho, ela só tentava não se esbarrar com nenhum soldado besouro. Ela queria encarar a Rainha Treva sem interferência dos soldados dela.

Andou por um tempo e viu um grande rio com água escura e mais na frente tinha uma ponte que, atravessando, tinha um castelo grandão todo cinza e parecendo muito triste. Na entrada do castelo tinha um monte de soldados besouros. Ela não podia desistir. Então, Caroline pensou um pouco e foi perto da ponte.

_ Oi, soldados besouros. Lá na praça tem umas Frutas da Verdade no chão! Se correrem agora, vão conseguir pegar antes que o Hood pegue.

Ao escutarem isso, todos os soldados começaram a correr para a praça. Era a primeira vez que Caroline mentia naquele lugar e era preciso enganar os soldados para poder entrar no castelo. Eles eram muitos e ela sozinha não conseguiria pará-los. Novamente, respirou fundo, encarou a entrada e começou a caminhar até entrar no castelo.

Era enorme. Tinha uma escada que parecia que ia muito para cima e muitas janelas lá no alto. Caroline chamou por alguém e ninguém respondeu. "Será que todo mundo foi correndo na praça?!", pensou Caroline enquanto chamava novamente e finalmente recebeu uma resposta dos seus chamados.

_ Quem é você?! _ Perguntou uma coruja bem velhinha andando com uma bengala.

_ Oi, vovó Coruja! Tudo bem?! Eu sou Caroline! Estou procurando uns amigos que acredito que estejam por aqui!

_ Caroline... Caroline... Caroline...! Não me lembro de nenhuma Caroline. Teve uma vez aqui uma menina muito parecida com você chamada Lurdes.

_ Ela é minha avó! Conheceu minha vó?!

_ Sim! Uma menina muito corajosa. Igual a você! Ela veio aqui falar com a Rainha Treva.

_ Eu também vim falar com a Rainha Treva. Quero saber onde estão meus amigos!

_ Quem são seus amigos!?

_ Seu Cigarra, Fofinho e o Doze! Eles foram pegos por soldados besouros.

_ Aqui não ficam as pessoas que ficam presas, Caroline.

_ Eu já fui ao local onde prendem o povo desse reino! Lá encontrei o Hood! Achei que o pessoal que vinha da minha terra ficava em outro lugar.

_ Então, você que libertou o Hood e os outros?!

_ Sim! _ Falou Caroline, cheio de coragem.

_ O que ouvi também foi que você encontrou a Fruta da Verdade!

_ Sim!

_ Então, você invade a prisão, libera os que estão presos, encontra a Fruta da Verdade e dá para a Rainha Luz e depois vem aqui falar com a Rainha Treva?!

_ Sim!

_ Isso vai ser muito interessante! A Rainha Treva saiu um pouco para resolver algumas coisas sobre você e a Rainha Luz. Parece que ela estava muito brava. Talvez ela já esteja voltando. Quer ir tomar um chá enquanto a esperamos?

_ A senhora não tá brava comigo por tudo que fiz?!

_ Por que eu ficaria?! Eu não tenho nada contra você!

_ Mas a senhora não está aqui junto com a Rainha Treva?!

_ Sim! Eu fico aqui neste castelo com a Rainha Treva. Você está também, mas não viu a Rainha Treva ainda! Daqui a pouco vão se ver!

_ A senhora disse que ela estava brava.

_ Sim! Parece que está muito brava mesmo!

_ A senhora não!?

_ Não! Você não me fez nada!

_ Eu libertei o Hood, achei a Fruta da Verdade e ajudei a Rainha Luz. Isso não irritou a senhora!?

_ Irritar eu!? De forma alguma! Vou ficar chateada se não fizer companhia para um chá e comer biscoitos. Eu mesmo que fiz! Vai gostar bastante.

Caroline seguiu a vovó Coruja até um lugar que parecia cozinha e, ao estalar de dedos da velha coruja, uma mesa grandona apareceu com um monte de doces e comidas gostosas.

_ Uau! Se o Fofinho estivesse aqui, ele daria um grito de felicidade! Quanta coisa gostosa.

_ Que bom que gostou! Vamos comer enquanto esperamos.

A vovó Coruja era muito divertida e contava histórias das irmãs rainhas bagunceiras quando eram crianças. Aí contou várias histórias da Lurdes, a menina corajosa que apareceu naquele reino. Enquanto tomavam chá e conversavam, uma trombeta bem desafinada tocou no castelo.

_ A Rainha Treva chegou, Caroline. Acho que vamos nos separar por enquanto. Gostei de conversar com você.

_ Também gostei muito de conversar com você, vovó Coruja. Espero tomar mais chá outro dia.

_ Vou ficar feliz.

Quando Caroline se levantou, a vovó Coruja estalou os dedos e tudo sumiu em um piscar de olhos. A vovó começou a se afastar e Caroline foi até o salão para ver se encontrava a Rainha Treva.

A Rainha Treva estava furiosa, chamando a atenção de um dos soldados besouros quando viu a Caroline.

_ O que você está fazendo aqui?! Não tínhamos combinado?! _ Perguntou a Rainha Treva, parecendo confusa.

_ Combinado o quê?! Nunca conversamos!

_ Espere...

A Rainha Treva chegou perto de Caroline e ficou olhando um tempão. Depois deu voltas na menina e, depois de um bom tempo, começou a falar!

_ Você não é quem eu estava pensando que era. Quem é você?!

_ Sou a Caroline! Você achou que eu era minha vó Lurdes?!

_ Caroline?! A menina que está fazendo o meu reino virar uma bagunça?! O que está fazendo aqui!? Quero saber onde achou a Fruta da Verdade!

_ Primeiro, quero meus amigos aqui e depois conversamos. Quero ver se eles estão bem! Aí te faço uma pergunta e respondo tudo que você quiser!

_ Por que vou obedecer à sua vontade?! Eu sou a rainha!

_ Eu sou quem achou a Fruta da Verdade...

_ Hum! Então, está bem! Quem são seus amigos?!

_ Fofinho e o Doze. Seus soldados besouros os pegaram.

_ Eu não sei quem são esses que você falou!

_ São desse tamanho! Um é amarelo e tem bico, e o outro é branquinho, com os olhos bem vermelhos e tem dentões.

_ Ouviram ela?! Vão buscar estes tal de Fofinho e Doze. _ Ordenou a Rainha Treva para os soldados besouros.

Passado algum tempo, os soldados besouros voltaram trazendo duas garças.

_ Pronto! Aí estão seus amigos! Agora me falem o que eu quero saber!

_ Estes não são meus amigos! Estão errados!

_ Claro que são! Não foi o que você pediu?!

_ Dê-me uma folha de papel e um lápis que vou desenhar eles.

_ Credo! Você também gosta de desenhar!? Traz logo o que ela quer!

Depois das ordens, os soldados besouros trouxeram vários lápis e várias folhas. Caroline sentou-se no chão e caprichou no desenho.

_ Pronto! São estes aqui!

_ Vão buscar estes que estão neste desenho.

Depois da ordem, os soldados besouros saíram levando os desenhos e voltaram tempo depois com mais duas garças. Até a Rainha Treva viu que não eram os mesmos dos desenhos.

_ Claro que não são estes. Não estão vendo?! Queremos ser iguais a estes do desenho! _ Falou a rainha, parecendo brava e sem paciência.

Depois de mais umas cinco tentativas e várias garças depois, finalmente Fofinho e Doze apareceram. Festa de reencontro e muitos abraços até a Rainha Treva os interromper.

_ Pronto! Todos juntos! Que lindo, que legal, que maravilhoso, mas quero saber onde achou a Fruta da Verdade!

_ Antes, eu preciso saber! Quando me viu, disse que tinha combinado de eu não aparecer mais aqui. Era da minha avó, Lurdes que você estava falando?!

_ É sim! Esta tal de Lurdes! Achei que era ela antes.

Caroline estava muito feliz em ver seus amigos bem. Fofinho e o Doze foram muito corajosos!

_ Por que a minha vó não podia vir mais aqui?!

_ Porque toda vez que a Lurdes retornava nova, como você está agora, ficava uma vida toda encontrando minha irmã. Não achei justo e então, falei que ia prender a Minhoca para a passagem nunca mais ser aberta, já que só o clã da Minhoca pode e consegue abrir a porta daqui para o seu reino e vice-versa. Na época, a Minhoca tinha acabado de ter seus filhos, minhocas, você deve ter conhecido um dos filhos dela, e a Lurdes disse para não fazer isso. Eu falei que não faria se ela não viesse mais aqui até a próxima volta dela. Eu tinha feito isso por ciúmes, que minha irmã tinha uma amiga e eu não. Passou um tempo, minha irmã começou a ficar triste e fraca porque a Lurdes não vinha mais e não se despediu, e vi aí uma oportunidade de conquistar o reino. Quando estava prestes a conseguir, já que eu tinha conquistado boa parte e prendido um dos guerreiros dela, você aparece, estraga meus planos e ainda acha uma coisa que provoca a curiosidade de uma irmã e recupera a saúde da outra irmã. Percebeu como você só me deu problemas?

_ Que crueldade! Você proibiu minha vó de vir aqui para ver a sua amiga por ciúmes?! Você não tem coração?! Imagina o quanto minha vó e a sua irmã sofreram esse tempo todo?!

_ Não era intenção no começo fazer alguém sofrer. Só queria que tivesse menos felicidade naquele Reino das Margaridas. Me deixava louca com tantas festas e risadas. Ao ver que isso era benéfico para mim, fui aproveitar. Quando sua vó voltasse, eu já seria dona de boa parte do reino e assim, quem sabe, conquistaria todos os reinos.

_ Você é muito egoísta! Por isso, está sempre sozinha!

_ E quem precisa de amigos!?

_ Todo mundo precisa! Veja você! Amarga e solitária. Não gosta de ninguém feliz e o egoísmo faz as pessoas sofrerem. Você acha que conquistando todos os reinos você teria suas irmãs de volta e teria amigos. Sua ganância é o desespero de ter alguém para chamar de amigo, como eu tenho e como minha vó e a Rainha Luz tinham.

_ Não é assim!

_ Lógico que é assim! Então, este é seu segredo?! O seu ciúme a fez afastar minha avó da sua melhor amiga.

_ Já chega! _ Um grito junto com um trovão fez eco no castelo. _ Me diz onde achou a Fruta da Verdade!

_ Aí está, minha querida! A única forma de você encontrar a Fruta da Verdade é sendo verdadeira consigo mesma. O próprio nome já diz. Fruta da Verdade. Sabe quem me ensinou?! A Dona Minhoca, aquela mesma que você ameaçou destruir sua vida. Sabe por que eu encontrei?! Porque o amor da minha vó pela sua amiga Rainha Luz, que é sua irmã, me ajudou. Se quiser achar a Fruta da Verdade, terá que pedir perdão para muita gente.

_ Você está mentindo para mim!

_ O que eu ganharia mentindo?!

_ Vou prender vocês, jogar a chave fora e...

_ O que está acontecendo aqui?! _ Perguntou a Coruja!

_ Vovó Coruja?! A Rainha Treva que proibiu minha vó de vir aqui! Estou muito brava com ela.

_ Vovó Coruja?! Ela não é sua avó! Esta menina insolente entrou no meu castelo, falou um monte de mentira e vou prendê-la.

_ Mas por que vai prendê-la, querida!?

_ Para ela nunca mais mentir!

_ Se você der uma chance a ela, pode ser que ela encontre uma Fruta da Verdade para você também. Assim, ela compra sua liberdade!

_ Se eu a deixar sair daqui ela pode fugir para o mundo dela e depois vir junto com aquela pirralha da Lurdes.

_ Ela não parece que quer fugir! Eles tiveram várias e várias chances para fugir e não fizeram. Ela veio aqui sozinha para te enfrentar, só para ter os amigos de volta. Também tenho certeza de que ela só vai sair quando souber que os outros amigos dela estarão bem. Então! Não precisa se preocupar. Se deixar ela achar uma Fruta da Verdade para você, terá mais força para conquistar o seu desejo, que é de conquistar todos os territórios do reino. Agora com sua irmã mais forte e curada, onde ela sabe que sua melhor amiga está bem, graças à neta dela, e também tem a sua outra irmã que agora tem certeza de que a Fruta da Verdade existe e vai procurar, mesmo que seja aqui neste castelo, você acredita que seus sonhos estão mais próximos de se realizarem?!

_ Mas por que ela me traria uma Fruta da Verdade?!

_ Pergunte a ela!

_ Por que você me traria uma Fruta da Verdade?!

_ Se você me pedir e tirar a proibição de minha vó vir visitar a amiga dela, eu acho uma Fruta da Verdade para você também.

_ É uma promessa?!

_ Sim!

_ Então, sua vó está liberada para vir. Não quer dizer que não vou tirar o reino da minha irmã!

_ Vou lutar ao lado da sua irmã contra seu egoísmo. Nós seremos mais fortes e você vai ver!

_ Mas quando vai trazer uma Fruta da Verdade para mim?!

_ Ora! Ela já está aqui!

Caroline mostrou a Fruta da Verdade para a Rainha Treva e ela ficou paralisada.

_ Mas como?! _ Perguntou ela, incrédula.

_ Já falei para você como faz! É só uma fruta! Ela não pode te dar o poder que você quer. É a amizade que dá a força às pessoas.

_ Não acredito em você! Me dê a Fruta da verdade!

_ Vou dar depois que sairmos daqui. Nós três!

_ Como vai me entregar!?

_ Vou com eles até lá fora! Assim, faço um pouco de exercícios também! Estou precisando! _ Falou a coruja enquanto caminhava em direção à saída.

_ Obrigado por nos ajudar, vovó Coruja! Estes são meus amigos, Fofinho e o Doze!

_ Prazer em conhecer vocês, meus queridos! Caroline foi muito corajosa para vir buscar vocês! Parabéns pela amizade que vocês têm!

Os dois agradeceram e foram caminhando devagarzinho, seguindo o passo da velha coruja. A Rainha Treva mostrava estar impaciente e andava de um lado para outro no meio do salão, vendo-os se afastarem. Quando estavam atravessando a ponte, a velha perguntou como eles pretendiam sair dali.

_ Acho que vou chamar a Dona Onça e, como ela está com a Dona Zebra, as duas conseguirão levar a gente rápido para fora daqui.

_ Que legal! Mais amigos! Gostaria de vê-los também!

_ Não conhece a Dona Onça e nem a Dona Zebra?! _ Perguntou Fofinho curioso.

_ Não sou de sair muito! Acho que faz uns quarenta anos que não ando tanto para falar a verdade! Talvez os vi quando eram muito pequenos, não sei dizer! Como vão chamar!?

Caroline assobiou e, em pouco tempo, uma Onça e uma Zebra apareceram com cara de desconfiadas.

_ O que você está fazendo aqui, Caroline?! _ Perguntou a Onça, mostrando preocupação.

_ Vim ajudar meus amigos a saírem da prisão. Falei com a Rainha Treva e a convenci, junto com a minha amiga vovó Coruja, a soltá-los.

_ A Rainha Treva quis soltá-los!? Por que ela faria isto?! _ Perguntou a Zebra.

_ Porque ela também quer uma Fruta da Verdade! Então arrumei uma para ela. Ela me fez um favor e eu vou fazer uma para ela.

_ Você vai dar uma Fruta da Verdade para a Rainha Treva?! Ela pode usar isso para ficar muito forte! _ Falou a Onça!

_ Para salvar meus amigos, eu faço esta troca. Sei que juntos somos fortes também! É só uma fruta! Confiem em mim! Quero que sejam amigas da vovó Coruja! Ela é muito legal!

_ Tudo bem por mim! Podemos ser amigas, vovó Coruja?! _ Perguntou a Zebra!

_ Vou ficar muito feliz! Assim que essa confusão acabar, e acredito que vai acabar logo, podemos marcar para tomar um chá! Aprendi que, se assobiar, vocês vêm, né?! Então! Quando vocês conquistarem a paz, eu chamo vocês.

_ Mas você não está do lado da Rainha Treva?! _ Perguntou a onça.

_ Eu estou do lado da amizade. Se eu não estivesse aqui, a rainha seria a pessoa mais solitária do reino. Ela vai aprender que ser sozinha na vida é ruim. Tenho esperança disso.

_ Vovó! Aqui está a maçã como combinado. Assim que acabar esta briga das duas irmãs, vamos nos ver de novo! _ Falou a Caroline.

_ Obrigada e vou ficar esperando vocês! Boa viagem!

A Zebra saiu correndo levando o Fofinho e o Doze, e a Onça saiu correndo carregando a Caroline. No portão do castelo, a Rainha Treva esperava, mostrando impaciência, a velha Coruja voltando lentamente com um sorriso no rosto.

Capítulo 7
Encontro com a Rainha Gelo

_ Nossa! Que coisa horrível que eu fiz! _ Falou Caroline de repente.

_ O que aconteceu?! _ Perguntou a onça, a zebra, Fofinho e Doze ao mesmo tempo.

_ Esqueci de confirmar se o Seu Cigarra estava bem!

_ Quem é Seu Cigarra?! _ Perguntou a onça.

_ Meu amigo que me ensinou a assobiar para te chamar! Ele também foi preso! Pare aqui, por favor!

A onça e a zebra pararam de correr e Caroline desceu e começou a pensar! Ela não podia deixar a cigarra presa, já que foi por causa dela que isso aconteceu!

_ Tenho que libertar o Seu Cigarra! Ele é muito legal e fez uma música bem divertida!

_ Se voltarmos lá no castelo, a Rainha Treva vai prender todo mundo! Agora que você deu a Fruta da Verdade para ela, não tem nada que faríamos para convencê-la a soltar a cigarra e não nos prendermos. _ Falou o Doze!

_ Não posso deixar por isso mesmo! Tenho que fazer alguma coisa! _ Falou Caroline, pensativa.

_ Só nós não conseguiremos lutar com os soldados besouros. Agora, a Rainha Treva deve ter colocado mais soldados na frente da prisão para não acontecer mais o que fizemos para libertar o Hood. Acho que ninguém teria esta ousadia de ir até lá para enganar soldados como fizemos. _ Falou o Fofinho.

_ Acho que tem um jeito de chamarmos a atenção dos soldados besouros e enganá-los de novo. Só que vou precisar de ajuda! Neste caso, preciso do Hood aqui! Pode chamá-lo para mim, por favor?! _ Caroline pediu para a onça e a zebra.

As duas se olharam e combinaram que uma ficaria ali com eles e a outra acharia o Hood, e então a zebra partiu para chamar o Hood e avisar que todos estavam bem para a Rainha Luz. Poucos minutos depois, chegaram à Zebra e o Hood, dizendo que o Jacaré e o Pônei estavam vindo também.

_ Meu plano é o seguinte! Precisamos de música! Música animada e divertida para os soldados besouros irem atrás de vocês. Vamos tocar um pouco próximo da prisão e aqueles soldados vão tentar prender quem está tocando música. Como vocês são os mais rápidos do reino, vão conseguir se afastar levando os soldados besouros enquanto nós aqui entramos na prisão de novo e soltamos novamente todos. _ Falou Caroline, decidida.

_ Mas se agora colocaram cadeados fortes nas celas?! _ Perguntou o Hood!

_ Não sei! Temos que pensar em alguma coisa! _ Falou Caroline.

_ Já sei! O Jacaré tem uma mordida muito forte e, se tiver cadeado, eu tenho certeza de que ele estourará com os dentes. O Pônei pode ficar vigiando do lado de fora enquanto vocês recuperam os presos. A Zebra e a Onça, juntamente comigo, fazemos os besouros ficarem correndo para nos perseguirem. Acho que assim vai dar certo!_ Falou o Hood.

_ Vocês não têm medo!? _ Perguntou o Doze curioso.

_ Faz tempo que aqui não temos uma aventura tão divertida, para falar a verdade! Estou muito empolgado! _ Saiu o Hood voando, dando piruetas no ar.

_ O Hood sempre foi o mais empolgado e arteiro de nós! Ele só foi pego mesmo porque ele teve que se sacrificar para outros do reino poderem escapar da Rainha Treva, senão, acredito que nunca aqueles soldados conseguiriam pegar ele. _ Falou a Zebra.

Enquanto estava sendo repassado o plano, chegaram o jacaré e o pônei. Eles se desculparam pela demora, mas todos sabiam que eles não eram tão rápidos como os três que ali já estavam, que eram do reino. Explicaram o plano novamente para os dois que acabaram de chegar e estes logo concordaram.

_ Então vamos todos quietinhos mais perto da prisão. Assim que chegarmos lá, eu vou dar um assobio e aí Dona Onça avisa ao Hood e ele começa a fazer um grande show aqui. Quando os soldados besouros vierem atrás da música, entramos lá. Assim que saímos com os que estão presos, assobio de novo para avisar que estamos bem e aí vocês correm de verdade para fugirem de vez dos soldados besouros. _ Falou Caroline com confiança.

_ Se ficarem soldados para trás?! _ Perguntou a zebra.

_ Se ficar, deverá ser no máximo quatro e eu e o Pônei vamos conseguir dar conta deles. Pode confiar na gente! _ Falou o jacaré com confiança.

_ Então tá certo! Tudo combinado e, depois que acabar, vão direto para o castelo da Rainha Luz. _ Falou o pônei, terminando o assunto.

Todos concordaram e começaram os planos! O Hood, já com a flauta preparada e um grande sorriso no rosto, ficava esperando o sinal da onça. Caroline e seus amigos caminhavam todos agachados para não serem vistos e, quando estavam bem próximos, Caroline assobiou. De longe, escutaram o som de uma flauta bem animada e dava para ver pássaros voando junto com uma imagem verde no céu. Os soldados besouros, vendo aquilo, logo se armaram com lanças e foram na direção do som e da festa que estava se formando. Não ficou um soldado, todos foram com medo de que a Rainha Treva ficasse brava ao saber que tinha festa ali perto. Caroline chamou seus amigos e o pônei ficou na entrada vigiando. Todos que entraram foram procurando as celas dos presos e desta vez não tinha muitas celas ocupadas e tinha bastante garças, algumas formigas e, mais no final, a cigarra estava sentada triste e, ao ver Caroline abrindo a cela, logo sorriu.

_ O que está fazendo aqui, Caroline?! _ Perguntou a cigarra, muito contente.

_ Não podia deixar você preso, Seu Cigarra! Temos que ouvir suas músicas. Você e o Hood juntos vão fazer as mais belas canções dos reinos. Então, vamos sair daqui.

_ Vamos! Estava achando que ia ficar aqui para sempre! Obrigado a todos por me salvar!

Estavam saindo quando de longe vinham vários soldados besouros. Não daria tempo para eles pegarem os fugitivos, mas eram tantos que mesmo que todos fugissem, logo os soldados poderiam alcançá-los porque o Doze e o Fofinho tinham as pernas muito curtinhas, o jacaré não era o mais rápido e a onça e a zebra não conseguiriam levar todo mundo.

_ Vamos fazer assim! Eu e o Fofinho vamos para aquele lado e vocês levam todo mundo para o outro lado! Aqueles soldados vão vir atrás da gente e vão dar tempo para vocês fugirem! _ Falou Caroline.

_ E vocês?! _ Perguntou o pônei preocupado.

_ A gente dá um jeito! Depois que fugirem, assobio para a Dona Onça me buscar com o Fofinho.

_ Vou com vocês! _ Falou o Doze!

_ Não dá para os três irem agora, Doze! Se for só a Dona Onça para ir buscar a gente, não vai dar para ela levar todo mundo. Você precisa ajudar as garças também, olha como elas estão perdidas e você pode liderar a saída delas.

_ Mas, Caroline... não quero deixar vocês!

_ Eu sei, Doze! Mas vai ser rápido e vamos nos encontrar! Agora temos que proteger todos e o único jeito depois é pedirmos à Dona Onça para levar a gente rápido para fora daqui.

_ Tá bom, Caroline! Vou fazer isso, então! Mas, por favor, voltem logo! _ Despediu o Doze e já foi chamando um monte de garças para segui-lo, enquanto a zebra e o jacaré levavam um outro grupo junto com a cigarra.

Caroline e o Fofinho foram correndo na direção dos soldados besouros que estavam vindo e, assim que foram avistados, todos começaram a correr atrás deles e eles partiram para um lado que seria longe da prisão. Já tinham corrido bastante e se esconderam atrás de uma grande pedra.

_ Acho que estamos longe! Talvez eu tenha que chamar a Dona Onça agora! _ Falou Caroline.

_ Sim! Acho que já deu tempo para todos fugirem!

Caroline assobiou e ficou esperando, e nada da Dona Onça aparecer.

_ Claro! Como sou tola! Eu avisei que, assim que eu assobiasse, era para eles fugirem dos soldados besouros o mais rápido possível e não para virem até a mim. Vou ter que assobiar de novo para ela perceber que é para vir onde estou! Não acha Fofinho?!

_ Claro! Eles acham que estamos juntos com a Zebra e o Jacaré! Tem que assobiar de novo e tem que ser rápido porque estou começando a escutar barulho dos soldados... _ Antes de o Fofinho terminar, um monte de soldados pinguins estava ali atrás deles.

_ Então, é melhor vocês não assobiarem para não se machucarem! _ Falou um pinguim mais gordo que os outros.

_ Quem são vocês?! _ Perguntou Caroline.

_ Vocês já sabem quem somos e claro que sabemos quem vocês são! Também conhecemos a velocidade da onça e garanto que já temos tudo pre-

Os soldados pinguins tentando ser bravos

parado se ela aparecer! Se quiserem que a prendamos, por favor, assobiem!

_ Estão vindo um monte de soldados besouros aqui e...

_ Não se preocupe com isso, Caroline! Os soldados besouros que estavam vindo aqui já foram parados e derrotados. Não queremos nada com eles. Vamos levar vocês, que a nossa rainha quer vê-los.

Caroline sabia que ele não estava mentindo. Pareciam ser mais fortes e mais organizados que os soldados besouros e enganar eles não seriam tão fáceis. Se chamassem a Dona Onça, com certeza ela não teria como lutar com um monte de soldados pinguins. Infelizmente, ela tinha que acompanhar aqueles soldados.

Ao caminharem com os pinguins, Caroline começava a sentir frio e percebia que estava entrando em uma terra que estava congelada e flocos de neve caíam do céu. Fofinho tremia e Caroline o pegou e o abraçava para esquentá-lo.

_ Tome! Tenho uma blusa de frio aqui para você, se quiser! _ Falou o pinguim mais gordinho.

_ Onde conseguiram uma jaqueta tão quentinha?! _ Perguntou Caroline enquanto vestia e colocava o Fofinho no bolso que tinha no peito.

_ Era da sua avó!

_ Minha vó, Lurdes?! Como sabem dela!?

_ Sabemos de tudo! Vocês ficaram bem conhecidos no reino e, diferente da Rainha Treva que pede para os soldados prenderem todo mundo para ter informações, a gente apenas exige informações sem prender ninguém. Não queremos encher a prisão de pessoas. Se falarem o que queremos ouvir, não precisamos trancar ninguém, nem mesmo os soldados besouros e nem os soldados formigas.

_ Isto não explica por que tem uma blusa da minha vó!

_ Claro! Me desculpe! Tinha esquecido disso! Sua vó veio até este reino antes de desaparecer! Veio falar com a Rainha Gelo. Então, como ela não precisaria mais dessa blusa, ela deixou para que, se um dia alguém viesse visitar o reino do gelo, a gente pudesse emprestar a blusa.

_ Minha vó veio falar o que para a Rainha Gelo?! Por quê!?

_ Aí você tem que conversar com a rainha e ela te contará! Meu trabalho é apenas te levar até ela.

_ Tudo bem! Vocês não parecem ser soldados maus como imaginei que poderiam ser! Pelo menos são mais espertos que os soldados besouros.

_ Isto é porque não queremos brigar ou conquistar reinos. Queremos viver nossas vidas em paz aqui. Se não mexerem com a gente, nós não mexeremos com ninguém. Sabemos que a Rainha Treva, assim que conseguir o reino da Rainha Luz, vai querer vir para cima da gente! Vamos defender nosso reino, porém, não vamos atrás de brigas. Só estamos nesta porque o desejo de nossa rainha é importante para nós. O que ela quer, vamos atrás até conseguirmos.

_ A Fruta da Verdade!?

_ Sim! Você conseguiu a fruta para a Rainha Luz e depois para a Rainha Treva. Não entendemos como ficaram séculos procurando a fruta e de repente uma menina conseguiu achar duas no mesmo dia. Você responde à Rainha Gelo como fez! Ela consegue o que quer e todo mundo consegue o que quer.

_ Não quero uma guerra! Esta fruta parece que está trazendo guerra a estes reinos.

_ Se por acaso esta fruta trouxer perigo ao nosso reino, vamos contra-atacar! Não queremos guerra!

_ Então por que não se juntam com a Rainha Luz para inibir a ganância da Rainha Treva?!

_ Bem! Ali está o castelo e você poderá fazer esta pergunta diretamente à nossa rainha.

Caroline caminhou em silêncio até o castelo e, desta vez, se sentiu melhor por causa da blusa que era de sua vó. Ainda bem que sua vó se preparou em deixar uma blusa, senão fosse por isto, com certeza Caroline e Fofinho ficariam bem resfriados naquele lugar tão frio!

No Reino do Gelo, parecia que todos os lugares que olhava estavam congelados. Caroline viu um urso todo branco batendo em um ferro e parecia estar construindo uma carruagem. Alguns pinguins filhotes brincavam com uma bola de gelo. Tinha umas focas andando de terno e com uma pasta na mão e logo a Caroline achou que as focas dali eram iguais às garças dos outros reinos. Alguns elefantes-marinhos pareciam estar fazendo casas de gelo e outros pareciam cozinhar. Caroline ficou admirada de que no reino do gelo tinha tanta gente e até pássaros, mesmo com cores mais claras, voavam de blusa naquele lugar.

Entraram no grande castelo e uma velha coruja branca estava sentada, parecendo estar tricotando.

_ Oi! Sabia que a senhora é a segunda coruja que conheço neste lugar!? _ Falou a Caroline para a coruja.

_ Olá, Lurdes! Quanto tempo!

_ Não sou a Lurdes! Ela era minha avó! Eu sou a Caroline.

_ Nossa! São muito parecidas! Até a blusa é igual!

_ Ahhh sim! A blusa era da minha vó! Eu ganhei dos pinguins quando estava vindo para cá. Minha vó deixou para quem viesse aqui poder usar!

_ Parece mesmo coisa da Lurdes! Pensando sempre nos outros. O que te traz aqui, Caroline?!

_ Me trouxeram para cá porque a Rainha Gelo quer me perguntar sobre a Fruta da Verdade!

_ Entendi! Que pena que não veio para tomar um chá com a gente!

_ A outra vovó coruja também ofereceu chá! Que legal!

_ Então, vamos tomar chá!

A velha coruja branca estalou o dedo e uma grande mesa com um monte de coisas apareceu em cima da mesa. O Fofinho deu um grito de alegria e pulou na mesa, comendo gulosamente.

_ Para de ser mal-educado, Fofinho! Tenha modos!

_ Tudo bem, Caroline! Sente aí e vamos conversar até a Rainha Gelo vir.

_ Todas as corujas daqui são tão legais!?

_ Quantas corujas você conheceu?!

92

_ Você e a vovó coruja da Rainha Treva!

_ Entendi...

_ Conhece ela?!

_ Sim! Ela sou eu e eu sou ela e tem mais uma que somos ela e ela é nós!

_ Como assim!?

_ Veja! Vou te mostrar!

A velha coruja branca foi andando devagar até Caroline e pegou um desenho que estava no seu velho casaco e mostrou a ela.

_ Está vendo?! Sua vó Lurdes fez este desenho para mim.

_ Mas que interessante! São três corujas!?

_ Éramos uma, mas, gostava de todas as rainhas. Quando as rainhas foram para cada ponto do reino, por vontade e desejo, nos dividimos em três para ficar com elas. Desde que a Lurdes foi embora, eu acho que nós três nunca mais nos reunimos. Cada uma ficou cuidando de uma rainha.

_ Então a Rainha Luz também tem uma vovó coruja cuidando dela?!

_ Você ainda não a conheceu, pelo jeito! Ela é uma coruja preta!

_ Como é possível se dividir em três!?

_ Isso não é normal?! Acredito que, quando nos preocupamos com as pessoas, nos dividimos em quantas partes forem necessárias para cuidar delas.

_ Nunca vi isto acontecer!

_ Acontece direto! A Lurdes um dia me falou sobre a escola que ela vai, segundo ela, tinha uma professora muito divertida e muito carinhosa que cuidava de uma sala de aula inteirinha. Então, era possível imaginar que essa professora se dividia para dar atenção a todos os alunos de quem ela cuidava e se preocupava. Ela me falou também que ia a um culto religioso nos sábados com o pai e o líder religioso era muito bonzinho e ajudava as pessoas. Fácil imaginar que este líder religioso se dividia para cuidar das pessoas que necessitavam dele. Também fiquei sabendo que a Lurdes tinha uns cinco irmãos! Quer dizer que a mãe dela se dividia em seis para cuidar dos filhos. Entendeu?! Quando amamos, não importa quantas pessoas existem, nos dividimos sempre para estar com estas pessoas. Mesmo que estejam de longe!

_ Entendi! Você tem razão, vovó Coruja! Minha mãe cuida de mim, de meu pai, do Fofinho, de todos os animais da fazenda! Meu pai também se dividiu para cuidar de todo mundo! Se pensar bem, todo mundo se divide lá em casa e eu estou aprendendo a cuidar das coisas que amo também, igual ao meu pai e à minha mãe! Às vezes parece que estou fazendo dez coisas ao mesmo tempo, quando estou cuidando dos animais da fazenda! Entendo o que quer dizer!

_ Então entendeu por que estou aqui e estou com as outras rainhas e talvez eu seja uma só quando elas começarem a cuidar uma da outra.

_ Nossa, que legal, vovó Coruja! No desenho, mostra bem as corujas. A vovó coruja da Rainha Luz é preta, a da Rainha Treva é cinza e a senhora é branca. Vou trazer elas ou te levar para se verem de novo! Prometo!

_ Nossa! Que bom! Vou ficar feliz! Então tomem o chá para se aquecerem.

As duas continuaram a conversar e a coruja branca falava das coisas sobre a vó de Caroline até a Rainha Gelo aparecer com um urso polar grande que parecia muito sério do lado dela!

_ Olá a todos! Tudo bem eu roubar a atenção da sua amiga um pouco, querida Coruja?! _ Perguntou a Rainha Gelo docilmente.

_ Não! Tudo bem! Vou tentar descansar um pouco e, quando quiser vir tomar chá de novo, Caroline, venha nos visitar.

_ Tá bom, vovó Coruja, bom descanso.

Caroline fez menção de que ia falar alguma coisa para a Rainha Gelo e ela fez sinal para esperar a velha coruja sair do local nos seus passos lentos e tranquilos.

_ Então, você é a Caroline! Muito parecida com sua vó, Lurdes mesmo! Ela tinha a pele mais escura que a sua, mas a semelhança é incrível. _ Falou finalmente a Rainha Gelo.

_ Conheceu minha vó também!? Mas o que ela veio fazer aqui?!

_ Ora! Veio me visitar! Éramos amigas também!

_ Mas você não é brigada com a Rainha Luz?!

_ Quem disse isso?!

_ Todo mundo do reino!

_ Mas a minha irmã disse isso?!

_ Não! Na verdade, não falou sobre isso!

_ Então, pode acreditar em mim, não sou brigada com minha irmã!

_ Mas elas acham que você, por ser mais poderosa, pode tirar o reino delas.

_ Sou a mais velha! Cinco segundos mais velha que a Rainha Treva, que é a mais nervosa de nós, e dez segundos mais velha que a Rainha Luz, que é a mais meiga de nós. Eu não sou a mais poderosa, pode-se dizer que sou a mais forte por alguns segundos de vida!

_ Você não quer conquistar todo o reino?!

_ Mas por que motivos eu ia querer conquistar todos os reinos?! Não entendo por que insiste em dizer que quero todos os reinos.

_ Desculpa! Estou muito confusa! Me fizeram entender que você era má, igual à Rainha Treva! Desculpa de novo, sei que é sua irmã...

_ A Rainha Treva não é má! Ela pode ser mimada! Se ela quiser os reinos, depois que tiver, não vai mais valer nada porque perderia a graça e quereria chamar a atenção de outra forma. A Rainha Luz é mais sensível e está sempre preocupada, e talvez o grande motivo para estar doente seja se preocupar demais com os outros e esquecer dela às vezes. Eu posso dizer que sou mais desinteressada. Não quero cuidar mais do que já tenho! Está ótimo com o que já me pertence!

_ Mas e as brigas?!

_ Quais brigas!?

_ Não teve uma briga dos seus soldados com os soldados da Rainha Treva!?

_ Não podemos dizer bem que foi uma briga! Discussão talvez! Interesses iguais e a vontade de ter primeiro para agradar quem eles seguem. No caso, o que me interessa mais são os problemas das minhas irmãs, elas conseguiram primeiro que eu, então, aceito a derrota! Mesmo assim, quero também e este é o verdadeiro motivo de você estar aqui! Quero que me mostre onde está o Fruto da Verdade!

_ Não! Calma! Está tudo muito confuso! Por favor, me explique! Você então não quer o Fruto da Verdade para conquistar tudo!

_ Não! Não quero conquistar tudo e muito menos brigar com minhas irmãs. Também não me interesso pelas brigas delas e quem vai ficar com o reino de quem!

_ Prenderam alguma pessoa aqui?!

_ Não temos prisão! Acho que nem tem no Reino das Margaridas que é da Rainha Luz! Só no Tombo da Alegria da Rainha Treva que criou esta tal de prisão para assustar o pessoal do reino, como falei, ela é mimada.

_ Por que não dá um jeito de acabar com todos os problemas daqui, já que é a mais velha?!

_ Por que eu faria isso?!

_ Já falei! Você é a mais velha! Tem que ter mais responsabilidade com suas irmãs mais novas! Se tem força para fazê-las pararem de se entenderem, o reino todo vai ficar feliz! Aí você poderá ir visitar e o pessoal daqui também pode ir lá e eles virem aqui.

_ Mas eu nunca proibi ninguém de vir aqui! Não vem porque não querem. Talvez por ser muito frio ou por ser distante, não sei informar, só sei que não vêm porque não querem.

_ Todo mundo lá acha que você é brava e perigosa! Não te preocupa isso!?

_ Não! Como disse! Já tenho muito o que me preocupar por aqui para ficar perdendo tempo com o que os outros estão pensando de mim nos reinos de minhas irmãs.

_ Você não pode ser assim!

_ Assim como Caroline!? Agora sou eu que estou confusa!

_ Vocês são famílias! Estão aqui há quase mil anos, que fiquei sabendo, e não se tratam como família. Uma é mimada e quer ficar com o brinquedo dos outros, a outra é sensível e se fecha, a outra é ao contrário, insensível e não liga para os outros. Isto é muito ruim! Não acho que todo o reino deva sofrer porque as irmãs não se entendem!

_ Me explica isso melhor! Onde você viu alguém sofrendo aqui no meu reino?! Você chega toda brava dizendo que estou errada e, pelo que vejo, foi você que me julgou má! Ou estou errada?!

Caroline ficou em silêncio! Ela começou a pensar e, na verdade, a Rainha Gelo estava super certa! Caroline chegou brava no recinto dela por julgamento do que ouviu e nem deu a chance dela se explicar! Até ali, a Rainha Gelo não a ameaçou, brigou ou ordenou alguma coisa!

_ Sinto muito! Acredito que estou realmente errada sobre isso! Te julguei e foi errado da minha parte! Para minha defesa, é que vi muita gente sofrendo e eu não gosto de ver ninguém sofrendo!

_ Pode acreditar que não quero ninguém sofrendo também! Talvez um dos motivos pelos quais deixo as minhas irmãs mais novas ficarem se provocando é porque eu as aceito do jeito que são! Não quero mudá--las e não quero me intrometer na vida delas.

_ Talvez esta forma de você aceitar as suas irmãs fazerem isto seja uma forma errada. Me desculpa eu falar assim! Elas precisam de direção e aconselhamento. Se não fosse minha mãe falar o que é certo ou errado, com certeza eu tinha feito muita coisa que poderia me machucar e, o pior, machucar os outros. Eu tento ser uma boa amiga para o Fofinho e para o Doze, porque eu sou a mais velha. Claro que não sei de tudo e claro que preciso ainda aprender muita coisa sobre a vida, mas a responsabilidade minha para os que eu amo e precisam de mim, eu levo a sério!

_ Quem é Doze e o Fofinho?! Ouvi falar sobre eles, mas ainda não os conheço!

_ Ah, é verdade! Esqueci sobre isso! Fofinho é este comilão aqui e ele é meu amigo hamster! O Doze é um pintinho amarelinho que veio parar sem querer aqui nos seus reinos e viemos atrás dele porque a mãe dele estava preocupada. Ao chegarmos aqui, começamos a conhecer muita gente legal e aí estamos tentando ajudar a resolver as coisas. Vejo que

A Rainha de Gelo é legal! Eu me enganei sobre ela...

você, Rainha Gelo, é muito legal, pena que muita gente ainda não sabe disso e vou tentar consertar a imagem errada que criaram sobre você!

_ Por que quer arrumar esta imagem errada que o pessoal dos outros reinos tem de mim?!

_ Pois uma rainha mimada já dá muito problema! Agora, uma rainha que parece ser pior ainda deixa todo mundo com medo e infeliz! Você diz que seu reino não tem nada de ruim acontecendo e acredito em você! Só que não acha que os outros mereçam a mesma coisa?!

_ Não foi a escolha deles viverem assim?!

_ Não sei...

_ Então, por que acha que pode mudar alguma coisa sobre a escolha dos outros?!

_ Se as escolhas foram feitas pelos que sabem, eu concordo, mas, se as escolhas foram feitas por um medo de uma coisa que eles não conhecem, se torna problema!

_ Aí tenho que concordar!

_ Então, está na hora de a verdade aparecer!

_ Não vou dizer que quero me dar ao trabalho de fazer propaganda sobre mim ou realmente quero me intrometer na briga das minhas irmãs! O que eu quero é a Fruta da Verdade!

_ Para ganhar a eternidade?!

_ Não! Para que eu ia querer a eternidade?! Vou viver muito tempo ainda e talvez possa conhecer umas cem versões de Lurdes para entender mais ou menos quanto tempo tenho em relação a vocês! Não me interesso pela eternidade! Deve cansar viver para sempre e imagina eu ficar e minhas irmãs se forem!? Mesmo eu não as vendo tanto, não quero ter a ideia de viver sem elas para sempre!

_ Então, as pessoas têm realmente informações erradas sobre você! Quem mentiria tanto assim para deixar todos com medo de você!?

_ Talvez começou com um "acho que..." e depois foi virando "falaram que..." e chegou no finalmente "é assim...". Alguém começou uma ideia que foi passando como verdade tempo depois e ninguém se interessou em descobrir a verdade!

_ Minha mãe falou sobre isso! Chama-se fofoca! Eu sei porque uma coleguinha minha sofreu na escola por todo mundo acha que ela tinha piolho. Todo mundo disse que ela tinha e começou a ficar longe dela, e eu fiquei com dó. Depois de um tempo, descobriram que não era verdade que ela tinha piolho. Minha mãe é muito esperta e me explicou que fofoca é uma coisa muito ruim e pode fazer pessoas sofrerem. Acho que é isto que aconteceu aqui!

_ Sim! Sua mãe estava certa! Se falar mal de uma pessoa para alguém porque ouviu alguém falar dela, isto pode não ser verdade e se espalhar rapidamente. Esta fofoca ruim virou verdade para um monte de gente que não me conhece, porém, eu não ligo, só que infelizmente para sua amiguinha, a fofoca a machucou muito.

_ Sinto muito por isso! Posso perguntar o motivo para querer a Fruta da Verdade?!

_ Eu sempre quis uma amiga! Confesso que sou muito isolada por escolha própria, mas, quando conheci sua vó, ela me ofereceu uma amizade e eu gostei muito. Na última visita dela, ela me deu um presente, um desenho muito bonito de nós duas! Este aqui!

_ Nossa! Que desenho bonito!

_ É sim! Ela deu um desenho para a Coruja que fica comigo também e eu fiquei tão feliz que prometi que ia dar um presente muito legal para ela também e assim seríamos amigas para sempre. Ela disse que não precisava de presente para sermos grandes amigas. Mesmo assim, eu quis mesmo dar este presente! Então comecei a procurar a Fruta da Verdade como símbolo desta amizade que queria muito. Até hoje não encontrei! Talvez a imortalidade que os outros acham que procuro seja a amizade eterna. Talvez também, por causa de que fiquei muito chateada por sua vó nunca mais vir me ver, pois achei que ela estava brava comigo porque não consegui a Fruta da Verdade e assim, pareceu que eu estava brava e era má com todo mundo.

_ Quanta confusão! Minha vó não veio mais aqui porque a Rainha Treva fez uma besteira! Chantageou minha vó porque ela tinha inveja da amizade dela com a Rainha Luz.

_ Então ela não ficou chateada comigo!?

_ Claro que não! Se minha vó disse que vocês são amigas, então, podem aparecer cem versões da minha vó e vocês sempre serão amigas.

_ Isso é muito bom! Fiquei muito feliz agora! Então, não preciso mais ficar atrás da Fruta da Verdade! Se sua vó não se incomodou de não ter achado ela, então isso é muito bom e estou mais tranquila.

_ Você achou! Tá aqui a Fruta da Verdade!

_ Quanto tempo está com ela?! Eu nem tinha percebido que tinha trazido a Fruta da Verdade com você e estava com ela esse tempo todo.

_ Não trouxe! Como o próprio nome da fruta diz, é a verdade mais sincera que a faz aparecer! Como foi sincera sobre estar feliz e tranquila que minha vó sempre será sua amiga e aceitou esta amizade, esta fruta cresceu! A fruta não fica em um lugar específico, fica na verdade que procura no mais fundo do seu eu!

_ Como posso agradecer!?

_ Uma festa...

_Como?!

_ Assim que tudo estiver pronto e resolvido, quero que participe de uma festa comigo e com meus amigos! Conheço uns músicos muito divertidos e pode levar todo mundo, promete?!

_ Está bem! Prometo!

_ Olhe! Além da minha vó, pode me considerar uma amiga e posso falar pelo Fofinho e pelo Doze também que eles vão ser seus amigos.

Fofinho concordou com a cabeça enquanto comia um pedaço de queijo que estava segurando!

_ Sério?! Vai ser minha amiga também?!

_ Sim! Não sei desenhar como minha vó, mas, da próxima vez, quem sabe podemos desenhar juntas! Tenho que ir agora porque sua irmã, meu amigo Doze e todos os outros já devem estar preocupados comigo. Ainda temos que dar um jeito na sua irmã, Rainha Treva, que é muito bagunceira.

_ Está bem! Como sinal de amizade, se precisarem de ajuda, é só pedir para minha irmã Luz me chamar que vou até onde estão. Ela sabe como me chamar!

_ Que legal! Fico muito feliz! Então vamos indo e até daqui a pouco, quem

O Urso Polar é tão bonito e tão grande como o Panda! Será que são parentes?!

Capítulo 8
Início do confronto

Caroline e Fofinho voltaram para o Reino das Margaridas acompanhados pelo urso polar que estava sempre sério. Ele conversava e parecia ser muito bondoso, mas, por não sorrir muito, assustava todo mundo no caminho. Não puderam pegar o expresso centopeia porque o urso era muito grande para andar nele.

_ Senhor Urso Polar, eu estava quase me esquecendo! Fofinho e eu fizemos amizade com um urso panda! Ele come broto de bambu e mora no bambuzal. Você também mora em Bambuzal?!

_ Não! Eu durmo em um iglu! _ Falou o urso no seu tom sério.

_ O que é iglu?! _ Perguntou Fofinho, tentando acompanhar os dois amigos.

_ Iglu é uma construção feita de neve e gelo, usada como abrigo contra o frio extremo na região onde moramos. Todos de lá, menos a Rainha Gelo, moram em iglu! São lugares confortáveis e espaçosos e quanto maior a família, maior o iglu feito. Todo mundo ajuda quando é para fazer um novo!

_ Todo mundo tem uma casa iglu onde moram?! _ Perguntou Caroline.

_ Sim! Por que a surpresa!? Não é assim em todos os lugares?!

_ Infelizmente, não! De onde eu vim, tem um monte de pessoas nas ruas porque não têm casa! Eles ficam pedindo dinheiro para comprar comida e é muito triste!

_ Por que a rainha de onde vocês vieram não faz iglu para todo mundo como é feito aqui?!

_ Eu não sei dizer! Lá não temos rainha! Temos uma coisa chamada política onde todo mundo escolhe os que são líderes, tem o nome de democracia porque é a escolha do povo e foi meu pai que me explicou como funciona! Mas, infelizmente, muitos desses líderes não pensam em todo mundo, só em ganhar dinheiro e mais dinheiro.

_ Se todo mundo estiver feliz e trabalhando, estes líderes não ganhariam mais dinheiro?!

_ Eu não entendo muito de política, Senhor Urso Polar! Sei que temos muito espaço, bastante pessoas que podiam ajudar a construir casas para todo mundo e temos uma terra muito produtiva que meu pai sempre disse que é uma terra rica no país inteiro. Porém, acredito que estes políticos precisam que as pessoas precisem deles para terem poder para continuar na política. Se resolverem problemas de moradia e de alimento, estes políticos acham que não precisariam mais deles e não seriam pagos para resolver problemas como este, que nunca resolvem por falta de interesse. Só que ainda sou pequena demais para falar com certeza o motivo por que pessoas que podem ajudar não ajudam.

_ Entendi! Que ruim para você e todos do seu reino! Todos ganhariam se tivessem uma casa e alimentos! Veja nosso exemplo! Moramos no lugar mais gelado daqui e, mesmo assim, parece ser um lugar mais confortável do que de onde vieram! Se só alguns têm privilégios, então não é um lugar bom!

_ A rainha não é a única que tem privilégios, já que mora no castelo?! _ Perguntou Fofinho com tom de crítica.

_ Como posso te explicar, pequeno roedor. A rainha visita toda a comunidade, passa o dia com todos e, se precisam dela, logo ela está lá para resolver! O castelo não é a moradia e sim a representação de nosso reino. Sem um castelo, é como se não existisse o Reino do Gelo! Não é bem ela que escolheu o castelo, e sim nós que exigimos a presença de um castelo. Viu como o castelo é grande?! Nos raros momentos de crise, tragédia e até mesmo uma guerra que nunca aconteceu, mas, se tiver, temos como proteger todo mundo do Reino Gelado. Então, o castelo não é bem um pertence da rainha e sim de todos nós. A rainha deixa o castelo com livre acesso a todos do reino! Lá tem lugar para cultura, para lazer, para conhecimento e também para ficar se precisarem. Uma vez teve um verão muito rigoroso e afetou o nosso reino do gelo e muitos iglus derreteram. O castelo não foi prejudicado pela estrutura e por ser muito bem localizado, e assim, a maioria das pessoas desabrigadas ficou no castelo até tudo ser resolvido.

_ Que coisa fantástica! O castelo não é da rainha e sim de todo mundo! Fantástico isto.

_ Exato! O castelo é o nosso símbolo de união, na verdade, e não a moradia de uma rainha solitária como é em outros lugares!

_ Maravilhoso! Gostaria que, de lá de onde a gente veio, pudessem as comunidades serem tão unidas assim.

Estavam todos maravilhados com a conversa quando chegaram o gorila e o panda pela Rua do Bobo. Caroline e Fofinho se assustaram com a voz de trovão do gorila.

_ Caroline?! Que bom que está bem! Deixou todo mundo preocupado!

_ Calma, Senhor Gorila! Desculpa eu ter fugido e enganado vocês! Eu precisava fazer alguma coisa para salvar meus amigos! Este é meu amigo, Senhor Urso Polar!

_ Aquele ali é meu primo, Caroline! _ Falou o Urso Polar sem parecer empolgado.

_ Você e o Senhor Panda são primos?! Que interessante!

_ Eu te conheço de algum lugar! _ Falou o panda, examinando o polar por um tempo.

O polar não mostrava nenhuma reação enquanto o panda o examinava e, enquanto o gorila verificava se estava tudo bem com Caroline e Fofinho.

_ Você não é... não! Acho que você é... não, não é! Te conheço! Sei! Você é...! Quem é ele mesmo, Gorila?! _ Perguntou o panda depois de desistir de lembrar.

_ Ele é o Polar do reino da Rainha Gelo. _ Falou o gorila com sua voz potente.

_ Sim! Isto! Meu parente! Acho que você é meu tio, né?! _ Perguntou o panda.

_ Não! Sou seu primo! Seu tio é o meu pai! _ Falou o polar sem mostrar reação.

_ Isso! Claro! Você parece muito com seu pai! Ele era todo branco.

_ Todos os ursos polares são brancos e todos os ursos pandas são pretos e brancos. _ Falou o polar novamente e não parecia irritado, apenas sério.

_ Isto é verdade, primo! O que faz aqui tão longe de casa?!

_ Vim trazer a Caroline para ela não ser atacada pelos soldados besouros. Ordem da Rainha Gelo.

_ Ah, macaco sem pelo! Verdade! Também tá o rato dela ali! Acho que eles fugiram ou coisa assim. Que bom que os protegeu! Vamos! Quero apresentar todos os outros para você, primo. Vamos lá na minha casa.

Urso Polar junto com o seu primo Urso Panda!

_ Minha tarefa é levar Caroline até o castelo da Rainha Luz.

_ A Rainha Luz está na minha casa! Todos estão procurando o macaco sem pelo e seu rato. Chegando lá, vamos reunir todos que parecem que temos uma reunião ou coisa assim. Venha tomar uma sopa de broto de bambu, vai gostar!

_Faz tempo que não como broto de bambu... _ Parecia que isso trouxe boas lembranças no polar e, mesmo assim, ele não mudava o seu semblante sério.

_ Então vamos! Quero ver todo mundo e me desculpar por deixar todos preocupados. Que bom que não estão bravos comigo. Você não está bravo comigo, né, Senhor Gorila?! _ Caroline tinha receio de que o gorila ficasse muito bravo e acreditava que nem os dois ursos juntos conseguiriam segurar aquele macaco enorme e forte.

_ Não estou! Mas nunca mais faça isso! Se somos responsáveis por você e você nos enganar, faz a gente perder nosso valor. _ Falou o gorila com sua voz de trovão.

_ Eu sinto muito! Não pensei que isto poderia prejudicar vocês. Foi um ato egoísta de minha parte.

_ Não, Caroline! Foi louvável! Graças à sua teimosia, está todo mundo bem e isso é o mais importante! Sempre temos que achar coisas positivas, mesmo em dias ruins! Só não repita isso novamente! Você não gostaria que o Fofinho te enganasse e passasse perigo, não é verdade?! Você morreria de preocupação.

_ Verdade, Senhor Gorila! Não ia gostar mesmo de ver pessoas importantes para mim passando perigo por ter me enganado. Está coberto de razão! Não se repetirá mais. Prometo.

_ Certo! Vamos então para o bambuzal! Todos estão preocupados! _ Falou o gorila com aquela voz potente.

Caminhando na direção do bambuzal, logo apareceu Hood e, vendo que estavam todos bem, tocou sua flauta alegre para avisar os outros e despreocupar todo mundo. Caroline se sentia afortunada com tantas pessoas cuidando dela e de seus amigos mesmo no meio de tanta crise.

Logo, Caroline já estava reconhecendo o lugar e sabia que em poucos passos encontraria o bambuzal, pois já avistava o Rio Melado e já ouvia vozes de pessoas conhecidas. Assim que chegaram, alegria e festa ao receberem! Hood voava tocando sua flauta enquanto Caroline e Fofinho recebiam felicitações por terem voltado. Estava tudo muito bom e parecia que não existiam problemas naquele lugar.

Enquanto os dois ursos ficaram esperando a sua sopa de broto de bambu ficar pronta e Fofinho contava as aventuras que tiveram e como ele enfrentou pinguins e ursos polares com sua coragem, Caroline foi conversar com a Rainha Luz.

_ Conheci sua irmã, Rainha Gelo! Ela não é uma pessoa ruim, como me fizeram imaginar que fosse.

_ Minhas irmãs não são pessoas ruins! A Rainha Treva tem uma personalidade difícil, eu concordo, mas não acredito que ela seja uma pessoa ruim. Temos que apenas saber lidar com ela e suas crises emocionais.

_ Mas ela está fazendo de tudo para tirar seus domínios. Sabia que foi ela que afastou a vovó Lourdes daqui, né!?

_ Sim! Mas ainda ela é minha irmã! Mesmo tendo feito isso, sei que foi por causa de ciúmes. Sua avó também não a julgaria como pessoa ruim, e sim como uma pessoa doente que precisa de ajuda. Ela não quer meu reino, ela quer chamar a atenção de alguma forma.

_ A Rainha Gelo falou alguma coisa desse tipo também. Pedi para a Rainha Gelo interferir, mas ela disse que não ia interferir nos problemas de vocês. A Fruta da Verdade era um tipo de esperança para que minha vó pudesse voltar e ser amiga dela também. Não tem nada a ver com ser eterna! Ela não deseja ser eterna e sim ter uma amizade que dure eternamente se for preciso.

_ Entendo! Sua vó e eu prometemos ser amigas para sempre! Não sabia que minhas irmãs viam isso como coisas a serem conquistadas com rituais! Gostaria que a Lurdes não tivesse tanto problema como teve nessa última vez aqui.

_ Ela vai poder voltar! Conversei com a Rainha Treva e ela já tinha percebido que tinha errado feio nisso que ela fez. Só que estava com muita vergonha e até mesmo triste com tudo que acabou acontecendo. Fez sem pensar!

_ Então deve ser isto que minha irmã tanto deseja: conquistar todo o reino e assim ela conseguirá que eu a odeie e sua culpa diminuirá um pouco.

_ Como assim, Rainha Luz!?

_ É mais fácil para algumas pessoas procurar o sofrimento como castigo do que simplesmente pedir desculpas. No caso da minha irmã, o que ela fez, pedir desculpa, dificulta muito porque sua vó está em um lugar de difícil acesso a ela. Ela, achando que o que fez foi tão horrível que só eu a odiar por tentar destruir meu reino, já era o castigo suficiente. Ela não queria que eu a odiasse por ter levado minha melhor amiga de mim. Imagina quanto tempo ela carrega este peso da culpa?!

_ Por que alguém ia querer sofrer tanto?!

_ Talvez o motivo não seja querer, e sim desejar sentir o perdão! Sua vó me contou que no lugar de onde vieram existe uma coisa chamada religião! Onde pessoas vão rezar para ganhar a salvação eterna! Não é verdade?!

_ Sim! Vamos todos aos finais de semana! Meus pais e eu!

_ Então! Vocês vão a um local para se reconectar com seus criadores e assim se sentir melhor! Os que não seguem a lei sentem culpa e essa culpa leva o medo de ir para um lugar ruim depois da morte. Aqui neste lado não temos religião e então a nossa culpa são as nossas consciências que dão o veredito. Criamos assim uma ação que contradiz a nossa paz interior, cada vez mais que guiamos por este caminho que faz nossa consciência pesar mais e sofremos com as ações que achamos ser certas, que muitas vezes são ações para nos castigar!

_ Mas aí abre uma dúvida em mim agora. Se criamos uma religião para colocar regras que nos fazem sentir menos culpados em ações que depois achamos que são erradas, não nos faz ser igual ao que acontece aqui!?

_ Como isso pode ser igual ao que acontece por aqui!?

_ Não muda muito com o que acontece lá! Julgamos e sempre julgamos. Os erros que achamos em nós são muitas vezes refletidos em outras pessoas. Mas quando a gente se sente culpada com alguma coisa e não conseguimos pedir desculpas para alguém ou para nós, então não criamos regras em cima de regras para tentar aliviar uma culpa que já carregamos por muito tempo?!

_ Pode ser! Só que isso não vai contra seus deuses!?

_ Se o Deus é perfeito, por que ele faria uma coisa imperfeita?! Vamos contra Deus se julgarmos que ele nos julga por pecado!

_ Tente explicar melhor!

_ Vou tentar! A Rainha Treva, por ciúmes e por imaturidade, mesmo tendo quase mil anos, fez minha vó parar de vir aqui porque tinha inveja da amizade que você tinha com ela e, pelo jeito, a Rainha Gelo também estava começando esta amizade. Todos estes problemas dos reinos começaram por causa da amizade, assim, fazendo muitos julgarem que a amizade pode ser ruim, desastrosa, cruel, que abandona e assim vai... em vez de ver que não era digna de ter amizade e ver coisas ruins na amizade, que acredito que dificilmente tenha, seria mais fácil a Rainha Treva simplesmente ter pedido para ser amiga também!

_ Sim! Faz sentido! Mas sobre a religião de vocês!?

_ Se eu digo que Deus é perfeito e sou filho de um Deus perfeito, ao achar que não sou perfeito, eu já crio pecados para mim e para os outros que Deus nunca pôs a existir! Por isso, precisamos fazer locais para encontrar Deus por achar que não somos dignos de estar com ele em todos os lugares e precisamos de um lugar para pedir perdão de uma coisa que nós críamos como errada.

_ Tratam o amor lá como a amizade aqui, neste caso! Em vez de simplesmente amar e deixar ser amados, vocês criam regras que fazem vocês valer ser amados se seguirem elas?!

_ Sim! Como é a amizade! Ninguém exige que a outra pessoa seja sua amiga! Você conquista a amizade. Amor também deve ser assim! A gente não devia exigir que um Deus nos desse amor, tínhamos que simplesmente amar sem necessariamente criar regras para sermos amados.

_ Aí faz a religião parecer ser errada! Sua vó me ensinou que religião não é simplesmente chegar perto de um Deus! Religião é ajudar, formar laços, ensinar e amar os próximos.

_ Sim! Igual à amizade! Se não fosse por causa de uma Fruta da Verdade que é igual a um Deus na religião, vocês não acreditariam nas coisas que mais desejavam. A Fruta da Verdade nem é o que dá o que vocês querem, e sim o que vocês acreditam!

_ Temos crenças de coisas fora da gente que, na verdade, as coisas já temos na gente!?

_ Sim! Todas as três irmãs receberam a Fruta da Verdade e procuraram o reino inteiro em uma coisa que já está com vocês há milênios! Não parece ser irônico?!

_ Vocês procuram um Deus em templo onde já está em vocês há tempo?!

_ Mesma coisa! Vocês acreditam que eu fiz o milagre de achar a Fruta da Verdade? Não existe milagre! Todos no reino podem ter a Fruta da Verdade a hora que quiserem e quando quiserem! Não sou especial, onde só eu consigo e vocês são obrigadas a depender de mim para ter! E olha que a Fruta da Verdade não é nem o mais difícil de achar aqui! As pastas das garças são mais difíceis de achar que a Fruta da Verdade e mesmo assim, ninguém encontra!

_ Como a Fruta da Verdade é difícil de nós entendermos aqui e parece que para muitos isto é impossível de achar, pois, tirando você, ninguém há milênios conseguiu esta proeza. Entende que é tão difícil acreditarmos ou aceitarmos isto como verdade. Como seria no seu mundo o pessoal acreditar que Deus não precisa ser buscado e sim que já se encontra na pessoa?!

_ Sim! Entendo o que quer dizer e é frustrante. Se eu falar isso no meu mundo, vão dizer que sou do mal e quero destruir a religião! Entendo perfeitamente o que quer dizer! Muitos estão presos a crenças que já vêm de pais para filhos há anos!

_ Não acho que deva desanimar! Como a Fruta da Verdade é tão simples para você e ainda estamos limitados a ver isto com facilidade, no seu mundo ver Deus como nós vemos a amizade aqui pode ser questão de tempo.

_ Mas como posso fazer alguma coisa para ajudar?! Sou apenas uma criança! Não conseguirei ajudar ninguém se não escutarem crianças! Os adultos estão ocupados demais para nos ouvir!

_ Os adultos são só crianças que cresceram! Talvez se ensinarem eles a brincarem e se divertirem de novo, tudo fica mais fácil!

_ Como fazer isso!?

_ Não sei! Não consigo nem viver sem brigar com minhas irmãs.

As duas riram e Caroline perguntou do castelo. Rainha Luz resolveu então levar Caroline para conhecer e foram acompanhadas pelo Hood enquanto os outros conversavam e brincavam. Não andaram muito e atrás de uma colina bastante verde estava um castelo dourado enorme com arco-íris saindo de suas torres!

_ Nossa! Que lindo! Aqui que você mora?!

_ Na verdade, fico pouco aqui! Fiquei nos últimos anos porque estava doente e não me deixaram sair por estarem preocupados comigo! Gosto bastante de ir perto do lago e gosto de ficar perto do Rio Melado! Assim, eu coloco uma rede e descanso lá, que é uma delícia. No bambuzal também é bem tranquilo e sossegado. Além da casa do Panda, tem vários bambuzais que dá para fazer como local de descanso também! Depois que o panda ficou velhinho, resolvemos colocar várias camas nos bambuzais para que, se ele esquecer, qual é o local onde ele dorme, assim, não fica no relento. Tentamos de tudo para cuidar de todos aqui no reino.

_ Igual ao reino da Rainha Gelo! Todo mundo se preocupa com todo mundo!

_ Sim!

Ao entrar no grande castelo, Caroline ficou admirada com tanta beleza e cuidados. Entraram em um grande salão e apareceu uma coruja preta.

_ Olha! A vovó Coruja, igual às que as outras rainhas têm! Conheci todas, só faltava ela.

_ Oi, Lurdes! Quanto tempo!

_ Não, vovó Coruja! A Lurdes é minha vó! Eu sou Caroline! Vim aqui com o Fofinho, meu hamster, e o Doze, o pintinho amarelo.

_ Verdade! Ouvi falar das aventuras de vocês! É que você lembra tanto a sua vó e a via entrar aqui toda serelepe como você entrou, que me pareceu aqueles tempos. Quer tomar um chá?!

Caroline concordou, já com um sorriso, esperando o estalar de dedo da coruja e foi o que aconteceu igual às outras vezes! Caroline conversava com entusiasmo, perguntava da sua vó e descobriu um monte de arte que a Rainha Luz e a vovó Lurdes faziam no castelo. Caroline ria até sua barriga doer e chegava até chorar! Queria ter brincado com as duas quando a vovó era ainda criança.

_ Vovó Coruja! Conheci as outras duas partes suas e vocês são iguaizinhas. Contam histórias do mesmo jeito, fazem chá do mesmo jeito e são muito carinhosas. Prometi que vamos nos encontrar todas juntas um dia!

_ Que delícia! Vou gostar muito! Mas o importante agora é vocês estarem bem!

_ Estamos sim! Está muito divertido aqui e, tirando um probleminha que temos que resolver ainda com a Rainha Treva, o resto está perfeito.

Assim que Caroline falou, Hood levantou voou e ficou com a mão em forma de concha no ouvido tentando escutar alguma coisa.

_ Parece que os soldados besouros estão lá no bambuzal e têm outros marchando para cá com a Rainha Treva. Acreditam que estão separando nossos amigos para não poderem ajudar a Rainha Luz. O que vamos fazer agora?! _ Perguntou Hood, muito preocupado.

_ Vamos lá fora! Se temos que enfrentar a minha irmã, melhor que seja lá fora e assim resolvemos logo. Caroline, você fica aqui com a coruja e depois que sairmos vocês trancam tudo! _ Falou a Rainha Luz.

_ Não vou ficar aqui trancada! Meus amigos estão precisando de mim e seriam só vocês dois contra um monte de soldados. Não vou ficar parada! Temos que pensar em proteger a vovó Coruja antes!

_ Minha irmã não vai fazer nada com a coruja! Ela me quer e quer meus amigos! Assim, o reino da Luz fica tudo para ela! Você ficando aqui com a coruja estará protegida.

_ Já disse que não vou ficar! Vamos então enfrentar logo o nosso destino!

Caroline foi saindo na frente e nem ligava para os protestos dos dois amigos! A coruja apenas disse que, depois que acabassem com o que tinham que fazer, para ela voltar para tomar mais chá, e Caroline mostra um sorriso de agradecimento e concorda que voltaria.

Caroline já estava do lado de fora quando viu os primeiros soldados besouros chegando e atrás, bem mais alta e imponente, a Rainha Treva estava no meio deles. Caroline parou depois de atravessar uma pequena ponte e, do lado dela, estava a Rainha Luz e o Hood.

_ Olha quem eu vejo aqui! Se não é minha irmãzinha chata e seus amigos! Posso contar com a rendição de vocês sem precisar brigar!? _ Perguntou Rainha Treva com deboche!

_ Eu não gostei do que você fez, minha irmã! Proibir a Lurdes de vir me visitar foi muito cruel de sua parte! Se eu não tivesse descoberto a verdade, eu deixaria você ficar com o reino sem problemas se prometesse que não faria mal aos meus amigos, mas, como é o único lugar que a Lurdes poderia voltar e se divertir bastante, vou proteger meu reino.

_ Mas que bobeira, minha irmã! Você não pode ir contra mim! Deixarei seus amigos em um lugar para eles viverem sossegados sob minha proteção e você será minha subalterna. Quando a Lurdes voltar e se voltar, deixarei vocês brincarem, mas eu darei as regras das brincadeiras. Tudo aqui será meu! Terão que aceitar as minhas vontades!

_ Não vai pensando que já venceu, querida! Eu disse que serei sua amiga e sei que minha vó também seria, mas não vou permitir você fazer alguma coisa para deixar meus amigos tristes. _ Falou Caroline, decidida.

_ Só quero juntar todo mundo e todos terão o direito de ter seu direito de brincar! Não vou proibir ninguém! Única diferença é que eu vou guiar as brincadeiras.

_ Você não sabe brincar! Não gosta nem de música... _ Falou Hood, apontando uma flauta para ela.

_ Tem outras brincadeiras! Não precisam de música o tempo todo! Pergunte aos meus soldados se eles não se divertem comigo?!

Os soldados besouros ficaram se olhando e não sabendo o que fazer, e a Rainha Treva gritou perguntando se eles não concordam e todos meio sem saber exatamente o que fazer, balançavam a cabeça como um sim, todos desorganizados e parecendo estar preocupados se estavam fazendo certo.

_ Estão vendo?! Sou divertida! _ Falou a Rainha Treva.

_ Então prove! _ Falou Caroline como desafio!

_ Como!? _ Perguntou a Rainha Treva, desconfiada.

_ Já brincou de esconde-esconde?! _ Falou Caroline.

_ O que é isso!? _ Perguntou de novo Rainha Treva, olhando para os soldados para ver se eles sabiam.

_ Vou explicar! Eu, a Rainha Luz e o Hood nos escondemos e você tem que nos achar! Se nos achar, você ganha a brincadeira. Você só esconde o rosto e conta até cem para podermos nos esconder! Podemos esconder em qualquer lugar, menos dentro do castelo. Topa brincar ou tá com medo de perder?!

_ Por que eu faria isto?! Eu não entendi!

_ Se ganhar! Aí o reino é seu e faremos tudo que você quiser! Se perder e ficar brava, prova que não é verdade que sabe se divertir! O que acha?! _ Perguntou Caroline.

Rainha Treva parou e ficou pensando um pouco, e na verdade não sabia o que fazer! Se ela só tirasse o reino, seria fácil. Mesmo assim, ela queria provar que sabia brincar! Não seria difícil encontrar eles! Seriam vários soldados e mais ela para os encontrar. Não tinha um lugar onde eles pudessem esconder que não seriam vistos. Parecia que era a chance de ela provar que sabia brincar e ainda ganharia o reino e o direito de mandar nas brincadeiras.

_ Tá bom! Só não pode no castelo, né?! Tá certo! Vou começar a contar!

Rainha Treva começou a contar e escondeu o rosto com a mão! Os soldados besouros também esconderam o rosto e fingiam estar contando, pois, não sabiam contar. Caroline cochichou no ouvido de Hood e este saiu voando para um lado! Rainha Luz e Caroline foram para o outro e já estavam na Rua do Bobo e Caroline acreditava que a Rainha Treva já tinha acabado de contar e estava começando a procurá-la. Chegaram no expresso centopeia e foram até o Tombo da Alegria e correram para o castelo da Rainha Treva. Chegando, não tiveram muito problema para entrar porque todos os soldados besouros estavam do outro lado com a Rainha Treva e travando luta com os amigos deles.

Entraram no castelo e viram a coruja cantarolando!

_ Vovó Coruja! Bom vê-la novamente! Estou aqui com a Rainha Luz e preciso de um favor! Queria uma roupa da Rainha Treva emprestada. Pode fazer isto por mim?!

_ Claro, querida! Já volto!

A coruja sumiu e, em pouco tempo, apareceu com um vestido comprido negro e entregou para a Caroline.

_ Toma, Rainha Luz! Troque de roupa rapidinho! Depois explicarei o que vamos fazer!

A Rainha Luz se vestiu com a roupa da Rainha Treva e não tinha como diferenciar mais quem era quem se ficassem uma do lado da outra. Se despediram da coruja e pediram para guardar a roupa da Rainha Luz e foram novamente correndo para a estação centopeia. Ao verem a Rainha Luz vestida com a roupa preta, todos ficavam assustados, achando que seriam presos. Ao chegarem à Rua dos Bobos, logo foram para o bambuzal e uma guerra estava sendo travada.

_ Parem! _ Gritou Caroline! _ A Rainha Treva quer falar uma coisa para vocês!

_ Soldados besouros. Todos aqui atrás de mim! _ Falou a Rainha Luz.

Todos os soldados foram para trás da Rainha Luz, achando que era a Rainha Treva. Caroline foi aos seus amigos para verem se estavam machucados e eles estavam bem cansados e alguns um pouco arranhados, só que nada grave.

_ O que você está fazendo com a Rainha Treva?! _ Perguntou Fofinho.

_ Já que eu explico! _ Piscou Caroline para confiarem nela.

_ Quero que todos vocês me sigam! _ Falou a Rainha Luz.

Os amigos de Caroline se olharam desconfiados e Caroline então resolveu ajudar!

_ Confiem na gente! Podem nos seguir que vão entender no final! A Rainha Luz está esperando a gente.

Caroline falando, todos foram atrás dela e, enquanto a Rainha Luz vestida de preto ia sendo seguida pelos soldados besouros. Seguiam pelo caminho do castelo e os amigos da Rainha Luz estavam todos apreensivos e preocupados. Se fosse uma armadilha?! Se a Rainha Luz estivesse em perigo? Será que o Hood estava machucado?! Eram muitas perguntas e nenhuma resposta. Ao se aproximarem do castelo, ficaram mais confusos ainda! Tinha um monte de soldados besouros procurando alguma coisa de um lado para o outro. Olhavam em cima das árvores, atrás das árvores, qualquer pedra, mesmo que pequeninas, eles levantavam para ver se tinha alguma coisa embaixo e, mesmo parecendo tudo confuso, viram outra Rainha Treva procurando também alguma coisa. Aí todo mundo realmente ficou confuso e não sabia o que fazer!

Quando a Rainha Treva viu sua irmã vestida como ela, começou a gritar e disse que era um absurdo.

_ O que você está fazendo com minha roupa?! _ Perguntou a Rainha Treva.

Todos os soldados besouros que estavam procurando pararam e ficaram sem entender nada! Os soldados besouros que tinham acabado de chegar ficaram se olhando e esfregavam os olhos para tentar enxergar melhor, já que existiam agora duas Rainhas Treva.

A Rainha Luz se aproximou da Rainha Treva e parecia estar na frente de um espelho.

_ O que está acontecendo?! Que brincadeira sem graça é esta?! _ Gritou a Rainha Treva.

_ Eu que quero saber! O que você está fazendo aqui! É uma impostora!? _ Falou a Rainha Luz, tentando confundir mais todo mundo!

Até o momento, a única pessoa que sabia quem era quem era a Caroline, porém, não demorou muito para a Rainha Treva ter um surto de raiva e grudar o cabelo da irmã para tentar derrubá-la! As duas ficaram se atacando e começaram a girar. Na confusão, Caroline também já não

Capítulo 9
Final do conflito

Depois de as duas se empurrarem e tentarem se machucar, finalmente pararam de se atacar!

_ O que está acontecendo aqui? Explique! _ Falou uma das rainhas que agora estava difícil de saber quem era quem.

_ Você que tem que me explicar! O que é isso!?

_ Soldados! Peguem ela...!

_ Soldados! Prendem ela...!

Os soldados ficaram se olhando e agora os que estavam procurando estavam juntos com os que tinham chegado e nenhum entendia o que estava acontecendo!

Enquanto as duas irmãs discutiam e tentavam ter razão na questão mais estranha que aquele reino já tinha visto, outros seres movidos pela curiosidade foram chegando! Estavam várias garças cochichando e apontando para as rainhas. Estava presente a cigarra que agora estava com a baqueta e outras cigarras que pareciam músicos também conversando entre si e tentando entender por que existiam duas Rainhas Treva. Até mesmo a Dona Minhoca apareceu por uma porta e estava impressionada com o que estava vendo.

_ Caroline! Explique o que está acontecendo! _ Pediu o Fofinho!

_ Era para confundir os soldados besouros, mas, agora vejo que até eu estou confusa! Não tinha previsto isto! _ Falou Caroline.

_ Previsto o quê!? _ Perguntou o Doze, muito curioso.

Caroline explicou para os amigos ali mais próximos o que estava acontecendo e finalmente todos ali entenderam. A Rainha Luz se vestiu de Rainha Treva para poder ter vantagem sobre os soldados besouros que estavam brigando, pois Caroline sabia que só a Rainha Treva conseguiria fazer os soldados pararem. Porém, ao encontrar os outros e ficarem em números maiores, agora, com o ataque de raiva da Rainha

Treva de verdade, misturaram as duas rainhas. Caroline percebeu que a Rainha Luz ainda não podia sair do personagem para não dar vantagem à irmã, mas, como resolveriam este problema agora!?

_ Parem já as duas! Temos que resolver isto logo! _ Falou Caroline, porém, as duas não pararam!

_ Chegaaaaaaaaaaaaa! _ Falou o gorila com sua voz de trovão que fez as duas finalmente pararem.

_ Obrigado, Senhor Macaco! Vocês duas, parem um pouco! Olha o constrangimento na frente de todo mundo. São rainhas. Temos que resolver isto! _ Falou Caroline!

_ Como resolver!? Ela roubou minha identidade! _ Falou uma das rainhas!

_ Você que roubou a minha! _ Falou a outra.

_ Sinceridade! Não tem como saber quem é quem! Uma queria roubar o reino da outra e agora as duas são a mesma pessoa! Entendem que brigarem agora não vai ajudar em nada?!

_ O que vamos fazer então?! _ Falou as duas ao mesmo tempo.

_ Este conflito tem que acabar agora! A briga está sendo um mau exemplo para todos do reino! Vocês são irmãs! Tem que se respeitar.

_ Como vou respeitar alguém que mentiu para mim!? _ Falou uma rainha!

_ Olha quem fala! _ Falou a outra!

_ Você sempre foi assim! Desde criança! Sempre fica me provocando!

_ Eu te provocando?! Eu estava sossegada e você vinha me atazanar! Nunca gostou de mim!

_ Você que nunca gostou de mim!

_ Eu sempre gostei das minhas irmãs!

_ Você gostava da Rainha Gelo! De mim, nunca gostou!

_ Você que gostava dela! Nunca me ofereceu uma ajuda para subir nas árvores para pegar frutinhas.

Caroline via que as duas estavam começando outra briga e estava difícil resolver se elas não se entendiam. Devia ter colocado alguma coisa diferente na Rainha Luz para ela saber quem era ou uma senha! Toda vez que ela resolvia tentar acalmar as duas, vinham as provocações e novas brigas! Traziam qualquer coisa para brigar, até mesmo uma escova de cabelo era motivo para brigarem.

_ Está difícil de ajudar! Vocês duas não colaboram! _ Falou Caroline, desanimada!

_ Isso tudo é culpa dela, Caroline!

_ Minha! Você viu que a culpa é dela, né, Caroline?!

Caroline estava quase perdendo a paciência quando viu o Hood no céu vindo na direção deles. Ali talvez estivesse uma chance de resolverem tudo, pois, a confusão era muito grande! As duas continuavam a discutir e pareciam que milênios de mágoas e reclamações estavam sendo resolvidos naquele momento. Caroline não gostaria de ver elas brigarem mais e sentia, no fundo do seu ser, que queria ajudar.

Caroline viu primeiro alguns pinguins chegando e percebeu os soldados besouros começarem a se preparar para atacar.

_ Rainha Treva! Fala para os besouros não atacarem, por favor! Já temos briga demais aqui.

_ Não ataquem! _ Falaram as duas rainhas ao mesmo tempo.

Depois de falarem, se olharam e começaram a se empurrar de novo!

_ Ela falou comigo, sua chata!

_ Claro que ela falou comigo! Quem mais poderia evitar a briga?!

_ Você é muito ignorante! Os soldados besouros foram parados porque eu pedi!

_ Lógico que não! Fui eu que pedi...

Caroline já estava a ponto de chorar, não aguentava mais aquela briga! Os soldados pinguins foram abrindo espaço entre os vários curiosos que agora estavam ali vendo aquela confusão e todos exclamaram ao mesmo tempo um longo "óhhhhhhhhh" quando viram a Rainha Gelo se aproximando. Muitos ali nunca tinham visto a Rainha Gelo, já que ela ficava só no Reino do Gelo. As duas irmãs ainda brigavam e nem tinham percebido a Rainha Gelo se aproximando.

_ Olá, Caroline! Que confusão é essa?! O Hood disse que você precisava de minha ajuda! _ Falou a Rainha Gelo com delicadeza.

_ Obrigada por ter vindo de tão longe e obrigada por vir me socorrer! São estas duas que estão brigando! Eu quis confundir os soldados besouros para pararem de brigar com meus amigos e pedi para a Rainha Luz vestir a roupa da Rainha Treva. Só que agora eu não sei quem é quem e as duas não param de brigar para conversarmos. _ Falou Caroline com beicinho.

_ Ora! É fácil! A do lado esquerdo é a Rainha Treva e a do lado direito é a Rainha Luz vestida com vestido da Rainha Treva. _ Falou Rainha Gelo com naturalidade.

_ Mas como consegue diferenciar?!

_ São minhas irmãs por quase mil anos! Elas são diferentes para mim, como eu devo ser diferente para elas. Coisa de trigêmeas.

_ Está vendo?! Mesmo você aqui, não pararam de brigar!

_ Irmãs! Chega! _ Falou a Rainha Gelo com mais presença.

As duas pararam e ficaram olhando para a irmã que acabara de chegar!

_ O que está fazendo aqui?! _ Perguntou a Rainha Treva que agora estava fácil de saber quem é pela explicação da irmã.

_ Vim ajudar uma amiga que me pediu ajuda! _ Falou a Rainha Gelo.

_ Ela veio aqui para brigar comigo! _ Falou a Rainha Luz, já se defendendo.

_ Eu fui enganada! Ela está usando minhas roupas.

_ Chega de brigar! Caroline quer conversar com vocês. _ Falou Rainha Gelo, decidida.

_ Obrigado, Rainha Gelo! Podemos entrar no castelo, por favor!? Entramos nós primeiro para nos entendermos. Depois, temos que dar satisfação para todos que estão aqui. _ Falou Caroline com maturidade.

As duas irmãs que estavam brigando se olharam e depois viraram as costas uma para a outra, como se se ignorando. Pelo menos não estavam discutindo mais. Caroline chamou e as três rainhas entraram no castelo dourado. Caroline cumprimentou a coruja de novo e a Rainha Gelo e a Rainha Treva foram dar um abraço na velha coruja. Caroline pediu para

A Rainha Treva, a Rainha Luz e a Rainha Gelo juntas, são tão parecidas que se não fossem as roupas, não daria pra saber quem é quem!

a Rainha Luz se trocar para facilitar as coisas. Depois de trocar, agora estava mais fácil. A velha coruja estalou os dedos e quatro cadeiras apareceram. A coruja disse que ia fazer mais chá e saiu.

_ Pronto! Agora que está mais fácil de eu saber quem é quem, finalmente podemos conversar! Chega de briga, em primeiro lugar! _ Falou Caroline.

_ A culpa é dela! _ Falou a Rainha Treva, apontando para a Rainha Luz.

_ A culpa é sua!

_ Chega, gente! Vamos conversar sem brigas, por favor! Estamos eu e a Rainha Gelo, que veio de longe para tentarmos ajudar a resolver isto aqui. Vocês têm que se entender.

_ Mas por que você quer que eu me entenda com esta menina mimada?! _ Falou a Rainha Treva.

_ Mas por que você quer brigar com sua irmã?! Todo mundo sofre e vocês são as rainhas! Todos seguem vocês.

_ Ela mentiu para mim e afastou minha melhor amiga! _ Falou a Rainha Luz, magoada.

_ Não fiz isto pensando em deixar você doente. Só estava com raiva porque você nunca quis ser minha amiga! _ Falou a Rainha Treva, parecendo ressentida!

_ Como que não?! Você não gostava de falar comigo! Sabe por que eu fiz amizade com a Lurdes!? A primeira vez que ela apareceu aqui, eu me sentia muito sozinha porque a minha irmã Rainha Gelo só quer ficar longe de mim e a minha irmã Rainha Treva não gosta de mim. Achei na Lurdes a amizade que eu gostaria de ter das minhas irmãs.

_ Eu não me afastei de vocês! Vocês duas sabiam onde me encontrar! Só porque meu reino é frio, não gostam de ir lá.

_ Desta vez, eu tenho que concordar com a Luz! Você nunca nos deu a chance de sermos mais próximas. Sempre afastada, quieta, fechada e parecia que não queria a gente por perto! _ Falou a Rainha Treva com os olhos marejados.

_ Entenderam errado! Eu só estava dando o espaço que achei que queriam. Não queria ser a irmã grudenta e pegajosa. Vai que não gostem! _ Falou a Rainha Gelo.

_ Sei que você é a Rainha Gelo e mora no lugar mais frio deste reino! Mas não precisava ser fria com suas irmãs! _ Falou a Rainha Luz.

_ Quando fui fria com vocês?!

_ Vou ser sincera aqui com todo mundo! A Luz vestiu minhas roupas para confundir meus soldados. Talvez nem seja a Gelo que está aqui. Talvez estejam me enganando de novo! Todo mundo gosta de me fazer de boba.

_ Que isso, Treva! Olha para mim! Acha que eu não sou real!? Sou sua irmã e vim para ajudar!

_ Nos ajudar?! Agora?! Se não fosse a Caroline, você nunca entraria no meu castelo! _ Falou a Rainha Luz.

_ Concordo que fiquei um pouco afastada de vocês...

_ Um pouco?! Última vez que te vi foi quando o urso panda nasceu!

_ Eu concordo! Aliás, foi a última vez que nós três estivemos unidas! Depois disso, nunca mais te vi, Gelo!

_ Por que não foram me visitar?!

_ Você falou mais hoje do que em quinhentos anos conosco!

_ Novamente, tenho que concordar com a Luz...

_ Então, o problema de vocês duas brigarem tanto é por causa de mim?!

_ Não... _ Falou as duas um pouco envergonhadas.

_ Que me lembro, vocês duas nunca concordaram com nada, só que hoje resolveram concordar para ficarem contra mim.

_ Eu sempre te admirei, Gelo! Queria ser igual a você! Eu confesso a você, Treva, que brigava às vezes contigo por ciúmes da Gelo e vocês conversavam mais do que conversavam comigo.

_ Já que estamos falando disso, eu quis separar você da sua amiga Lurdes porque sempre achei que você quis separar a Gelo de mim porque não gostava da gente. Você era caçula, claro que tinha mais atenção! Quem quer dar atenção para a irmã do meio?!

_ Eu amo vocês! Sempre quis estar com vocês! Só que... bem, eu não sei! Só sei que nunca achei que poderia ser igual a vocês e é por isso que me ignoravam, por eu ser a mais nova e inexperiente. _ Falou Rainha Luz.

_ Eu deixava vocês em paz, pois achava que, por eu ser a mais velha, atrapalhava a brincadeira de vocês e sempre quis vê-las felizes, mesmo que me ignorassem. _ Falou Gelo.

_ Eu ficava revoltada por achar que gostavam uma da outra mais do que gostavam de mim e achava que você, Gelo, queria mais a amizade da Luz do que de mim por ela ser mais legal.

As três irmãs esfregavam as mãos encabuladas e sem saber exatamente o que estava acontecendo ali.

_ Parem de ser bobas! Se abracem! Não estão vendo que foi apenas confusão e julgamentos errados!? Vocês se amam! _ Falou Caroline sorrindo.

As três se levantaram devagar, meio tímidas, e logo começaram a se abraçar e chorar de felicidade. Depois chamaram Caroline para se juntarem e, mesmo Caroline sendo bem pequenina perto das três rainhas, foi abraçada com carinho.

As três continuaram a conversar e, dessa vez, mais alegres e mais tranquilas. Falaram tudo que tinha chateado todo este tempo. A Rainha Treva, em choro dolorido, pediu milhões de desculpas para a Rainha Luz pelo que tinha feito. Rainha Luz, em lágrimas, pedia desculpa por não ter percebido que ela só queria mais atenção e amizade, e a Rainha Gelo, em lágrimas, dizia que devia ter sido mais atenciosa com as caçulas e não ter ficado tão distante. Depois de muito tempo se desculpando, juraram ser as melhores amigas pelo resto da vida e novos abraços de felicidade.

Caroline estava feliz e batendo palmas de entusiasmo quando levou um susto ao ver uma coruja muito maior do que as outras e com três cores diferentes que eram iguais às das corujas que tinha conhecido.

_ Quem é a senhora?! _ Perguntou Caroline, curiosa.

_ Você já a conhece! Elas são as três corujas que se fundiram de novo! _ Falou as três irmãs juntas e depois comemoraram com abraços a sintonia.

_ Como assim!? _ Perguntou Caroline.

_ Eu sou a coruja que você prometeu que juntaria de novo. Todas as três! Quando essas três malcriadas estavam separadas, eu me separei para ficar de olho nelas. Agora que estão juntas de novo, eu sou uma novamente. _ Falou a coruja.

_ Vovós corujas?! Uau! Como isto é possível!? _ Perguntou Caroline.

_ Do mesmo jeito que você foi amiga das três. Era uma Caroline para cada uma delas ou era a mesma Caroline para todas? _ Perguntou a coruja.

_ A mesma Caroline... _ Respondeu Caroline, ainda com pouco de dúvida e tentando entender.

_ Exatamente! Você é a única oferecendo amor e amizade para as três! Quando as três estavam separadas, me viam separadas também, como via sua amizade em separado. Agora que está tudo resolvido e as três voltaram a ser amigas, elas vão ver que as amizades são uma única coisa e o amor que temos nelas são iguais.

_ Entendi! Posso continuar chamando de vovó Coruja?!

_ Claro!

_ Nossa! O pessoal lá fora deve estar preocupado! _ Falou Caroline de repente, se lembrando dos amigos.

_ Vamos lá conversar com eles. _ Novamente, falou as três em uníssono e novos abraços!

Ao saírem todas juntas de mãos dadas, um silêncio começou em todo lugar. A essa altura, todos os reinos estavam ali juntos. Uma multidão! Tanto o pessoal do reino do Gelo, como o do Tombo da Alegria e os dali do Reino das Margaridas, estavam na frente do grande castelo, todos curiosos para saber o que estava acontecendo. Todos no silêncio, esperando as rainhas se olharem e, como se tivessem lido o pensamento uma da outra, sorriram e olharam para a Caroline. A menina olhou para elas e, ao ver no sorriso que as três estavam concordando com alguma coisa e elas apontaram para a multidão, Caroline percebeu que era para ela explicar o que estava acontecendo. A menina deu um passo à frente, procurou no meio da multidão e viu seus amigos Fofinho e Doze em cima dos ombros do grande gorila esperando alguma coisa e assim criou coragem.

_ Olá, pessoal. Para quem não me conhece, sou a Caroline, neta de Lurdes, que foi amiga das três rainhas que aqui estão. Infelizmente, por coisas que aconteceram e que foram mal explicadas, muita confusão e sofrimento aconteceu nos reinos desse lugar. Vim aqui sem querer junto com meus amigos Fofinho e Doze e, felizmente, conseguimos presenciar uma nova era para todos. Sem briga, sem rancor, sem guerra e todos unidos. Estamos iniciando uma nova era de amizade.

As três irmãs pulavam de alegria e concordavam. O pessoal, vendo as três irmãs felizes e unidas, começou a gritar "hip hip hurra!" E se ouvia por todo o reino, em principal a voz do gorila se sobressaia entre todas as vozes de tão forte que era.

_ Vamos tocar uma música?! _ Caroline perguntou ao ver a cigarra feliz pulando com as baquetas e o Hood dando piruetas em voo no ar.

Todo mundo olhou receoso para a Rainha Treva e, com um sorriso, ela disse que só teria música se as irmãs a ensinassem a dançar, e assim mostrando estar com bom humor. As cigarras, que eram músicos, pegaram violão, bateria, guitarra, sanfona e o Hood no céu com a flauta, começaram a tocar. Várias músicas foram cantadas, como Ciranda Cirandinha e Se Essa Rua Fosse Minha, e como mágica, a grande coruja fez aparecer três grandes mesas que tinham bastante comida, doces e bebidas deliciosas e o Fofinho foi o primeiro a começar a comer. A formiga preta com seu avental e várias formigas pretas menores traziam massa, sorriso e outros doces.

Caroline dançava, pulava, cantava e ia de um em um dos amigos novos dar um abraço, em especial o Panda, o Gorila, o Pônei, a Zebra, a Onça e o Jacaré. Com o Hood, ela foi levada para o céu e parecia que estavam dançando, e ele agradecia por ela ter ajudado.

_ Graças a você, Caroline, finalmente acabaram as brigas. Acredito que agora todo mundo vai poder ser feliz como já foi um dia.

_ Hood! Você é o herói de todo mundo aqui! Nunca desistiu de um lugar melhor e, graças a seus sonhos e vontades, todos estão aqui se divertindo.

_ Foram anos difíceis e agora está tudo bem! Nem consigo acreditar!

_ Acredite! Acham que eu fiz alguma coisa?! A perseverança de vocês e a amizade do Panda, Gorila, Pônei, Zebra, Onça, Jacaré e a sua fizeram o milagre todo. Aprendi que o amor é a força que pode mudar tudo para melhor, mesmo que pareça que tá tudo perdido e esteja tudo ruim. Vamos pensar que só foi uma tempestade. Às vezes ela assusta, parece ser terrível, mas passa! Sempre passa e momentos bons aparecem de novo.

_ Obrigado pelo carinho com todos nós! Você podia simplesmente ter ignorado e nos deixado.

_ Não perderia esta aventura por nada! Só conheci pessoas fortes e que lutam pelos seus sonhos. Aprendi com vocês que, mesmo que demore um pouco, se lutarmos, sempre vamos conseguir chegar onde queremos. Mesmo que pareça que tudo está contra a gente.

_ Tem razão! Vamos comer doce antes que o Fofinho coma tudo.

_ Vamos!

Entre risos, Caroline foi colocada perto da mesa e ela abraçou o Fofinho e o Doze demoradamente. Era tudo maravilhoso! Mesmo a festa estando muito alegre e parecendo que ia demorar bastante para acabar, os três tinham que ir embora. Já estava há muito tempo ali e as mães deles estavam, com certeza, preocupadas. Procuraram a minhoca e, depois de perguntarem para um monte de gente, finalmente a encontraram.

_ Oi Dona Minhoca! Desculpa te incomodar, mas precisamos ir embora!

_ Tudo bem! Podemos ir...

_ Mas já vai, Caroline! Vamos ficar com saudades! _ Falou a Rainha Treva perto das irmãs.

_ Vou voltar! Quero trazer minha vó! É que nossas mães devem estar muito preocupadas.

_ Então, vamos esperar vocês! Traga a Lurdes sim e diga a ela que estamos morrendo de saudades! _ Falou a Rainha Luz.

Se despediram e Caroline entrou na porta com o Doze e o Fofinho! Ela estava muito cansada, toda aquela aventura tinha a esgotado. Cada vez que ela caminhava, mais cansada parecia estar e, quando abriram a porta para chegar na fazenda, Caroline estava se esforçando para não fechar os olhos de sono. Doze se despediu e correu para ver a mãe. Caroline viu suas coisas no mesmo lugar onde as tinha deixado. Ao chegar perto, ela pensou em tirar um cochilo e assim o fez.

_ Caroline! Levanta, menina! Tá na hora de tomar um banho!

_ Mamãe!? Nossa, dormi! Você não vai acreditar...

Caroline contou toda a aventura para a mãe no chuveiro e ela, sorrindo, escutava atenciosamente enquanto lavava o cabelo da filha.

_ Legal, né, mãe!

_ Muito legal, filha! Lembra bastante as histórias que sua vó contava para você antigamente.

_ Vou falar com a vovó! Vou ligar para ela!

_ Depois! Temos que preparar a comidinha e depois arrumar algumas coisas! Já que seu pai liga.

_ Tá bom!

Caroline deixou o Fofinho na gaiola no quarto e foi fazer as coisas com a mamãe. Ela estava feliz e empolgada, louca para falar com a vovó sobre tudo que aconteceu. O papai ligou e Caroline estava doida para falar com o pai e contar tudo. Estava muito ansiosa para pegar o telefone enquanto a mãe conversava e sua mãe só pedia calma e tentava escutar o telefone. A mamãe, em silêncio, falou que falaria com a Caroline e desligou o telefone, parecendo triste.

_ Que foi, mamãe?!

_ Sua vó! Infelizmente, ela faleceu...

Capítulo 10
Tudo culpa da Lurdes e da Fruta da Verdade

O velório foi um momento de tristeza e de despedida. Caroline chorava muito e seus pais estavam também muito tristes com o que estava acontecendo. Caroline estava no velório depositando vários desenhos no túmulo de sua avó. Ela tinha passado muito tempo desenhando todos os amigos da vovó. Desenhou o Hood e seus amigos protetores, desenhou a vovó coruja e as rainhas. Também desenhou vários amigos como o sapo, a cigarra, a minhoca, as garças, os pinguins, as formigas e até os besouros. Foram tantos desenhos que quase foi um caderno inteiro para presentear a vovó querida.

Caroline conversava com o Fofinho o porquê de sua vó a ter abandonado e Fofinho, triste e inconsolado, ficava apenas correndo na roda de exercício de sua gaiola. Aquela dor da tristeza era demais para todo mundo. Caroline voltou para a escola e tentava tratar todos os amigos bem, mesmo estando muito triste e cansada. Se dedicou ao estudo e ajudava em tudo que podia na fazenda para não ter tempo para pensar e sentir mais saudades.

O tempo foi passando e, de repente, sem perceber, Caroline já estava se formando e ia começar a trabalhar. Estudou muito para ser veterinária e, na sua formatura, foi tudo muito alegre e bem bonito. Nesse mesmo ano, Caroline conheceu um rapaz muito legal e inteligente e da amizade virou um relacionamento e, alguns anos depois, se casaram. Estava tudo bem na vida de Caroline e as coisas iam se ajeitando. Infelizmente, o pai também se despediu, mesmo assim, Caroline trabalhava e conquistava suas coisas.

Caroline e o marido compraram uma casa e então veio Antônio, filho de Caroline! Alegria imensa e muita festa com a chegada da criança. Antônio era, sem dúvida, muito esperto, arteiro, curioso e corria a casa toda, dando muito trabalho.

Antônio já tinha oito anos quando a mãe de Caroline também se despediu e, mesmo no meio de tanta tristeza, ela continuou firme nas suas coisas e cuidando de Antônio.

Caroline não escondia o orgulho que tinha do filho e do que tinha conquistado. Estava tudo perfeito e Antônio já tinha dez anos, e a curiosidade do menino continuava crescendo também. Ele gostava de pintar! Pediu para os pais telas, pincéis e tintas para fazer pintura em quadros e ganhou de presente de aniversário.

_ Veja, mamãe! Pintei a fazenda que era da vovó! _ Falou Antônio, com o pincel na mão e todo sujo de tinta.

_ Ficou muito bonito, Antônio! Você tem muito talento. Gostei e queria ficar com ele. _ Falou Caroline com um sorriso de entusiasmo.

_ Então vou te dar de presente, mamãe! Vou pintar um cavalo para o papai. Acha que está faltando alguma coisa aqui na pintura?!

Caroline olhou o quadro e lembrou-se de sua juventude e de como era divertido morar na fazenda e brincar com os animais. Estava faltando um celeiro, só que Caroline não queria que o seu filho se preocupasse com isto e disse que estava tudo certo e que estava perfeito. Caroline pegou o quadro, levou para a sala e pendurou, toda satisfeita. Seus pensamentos vagavam direto para o passado e muita saudade da época inocente e que parecia que o mundo inteiro cabia na fazenda.

Antônio continuava pintando e cada vez ficava maior e mais forte. Antônio ganhou uma bolsa de estudo e foi estudar fora do país, ficando quatro anos fora. Quando Antônio voltou, já era um homem feito e já estava trabalhando com artes e era bem visto na área da cultura. Ficou pouco tempo na cidade dos pais e mudou para a cidade grande, onde poderia ter mais oportunidade de emprego. Visitava os pais uma vez por mês e o trabalho foi aumentando, e aí começou a aparecer poucas vezes no ano. Caroline sentia muita saudade, mas sabia que o filho precisava trabalhar e ter a própria vida. Depois de dois anos na nova etapa da vida, Caroline recebeu uma ligação e ficou sabendo que Antônio estava namorando e estava pensando em se casar. Caroline ficou um pouco chateada com o filho por não falar antes que estava em um relacionamento, porém, ele era igual ao pai, fechado nestas coisas pessoais e amoroso, e logo Caroline esqueceu que estava chateada e ficou feliz pelo filho.

O casamento tinha chegado e Caroline, orgulhosa do filho, tinha encontrado uma bela moça e muito trabalhadora. Os dois formavam um belo casal e a nora gostava muito dela. A família fez uma grande festa e amigos e parentes se encontraram. Tudo estava perfeito, nada podia melhorar, mas Caroline estava errada, podia sim e, pouco tempo depois, Antônio avisou que a mulher dele estava grávida. Caroline sentia que ia explodir de tanta alegria. Seria avó!

No dia do nascimento da criança, estavam todos reunidos no hospital esperando. Resolveram esperar para descobrir o sexo da criança e nasceu uma menina forte e linda que Antônio e sua mulher resolveram dar o nome de Lurdes. Caroline ficou emocionada ao saber que era o mesmo nome da avó e melhor amiga quando era criança. Na primeira vez que Caroline pegou a Lurdes no colo, se apaixonou perdidamente por aquela menina linda.

O tempo passava e estavam todos felizes! Antônio visitava mais os pais e trazia a mulher e a filha para encher a casa de alegria. Caroline andava carregando a neta para cima e para baixo e, quando a neta Lurdes começou a andar, as duas viviam indo à praça, ao supermercado, ao lago e não desgrudavam. Sempre que o filho vinha, Caroline ficava com a neta o tempo todo e a menina crescia e sempre queria ficar com os avós. Lurdes às vezes ficava finais de semana na casa dos avós e era sempre uma festa. Vó e neta adoravam brincar juntas e a neta ajudava na cozinha, contava histórias e as duas sempre se divertiam assistindo desenho.

Lurdes já estava com oito anos e, nas férias da escola, ela pediu para passar na casa dos avós. Depois de muito insistir, Antônio permitiu que ela ficasse e foi muita alegria. Quando chegaram à casa dos avós com a mala, Lurdes já foi os abraçar, beijar e dizer que seriam as férias mais felizes que ela teria. Os pais de Lurdes ficaram dois dias e se despediram, deixando a Lurdes com os avós. Caroline agora tinha um mês para paparicar a neta querida.

Passada uma semana, a Lurdes começou a ficar quieta nos cantos, falar pouco e os avós acharam que deviam estar com saudades dos pais. A menina ficava o tempo todo pensativa e parecia estar muito preocupada. Tentaram animá-la, faziam doces e brincavam e mesmo assim, aquela alegria contagiante estava difícil de aparecer. Em um sábado, o marido de Caroline ia passar o dia fora resolvendo algumas coisas de documentos e visitando uns amigos, e resolveram que Caroline teria uma conversa demorada com a neta para tentar descobrir o que estava acontecendo. Só as duas, talvez a menina se abrisse mais. As duas se despediram do vovô e entraram para dentro de casa! Naquele momento, começou a chover e um clima triste começou na casa.

_ Senta aqui com a vovó, Lurdes! Quero conversar com você!

_ Tá bom, vovó! Eu fiz alguma coisa errada?!

_ Não, querida! Você é um amor! Só que percebemos que está triste e parece magoada! Está com saudades de casa?! Quer ver seus pais?!

_ Saudade eu tenho deles sim, vovó! Mas não estou triste por isto não! Gosto de estar aqui...

_ Então, qual é o problema, querida!

_ ...!

_ Pode confiar na vovó! Queremos que fique bem e, para isto, precisamos saber o que está te magoando!

_ Ah, vovó... tenho medo de que fique brava comigo também e me abandone...

_Meu amor! Nunca vou te abandonar! Por que está pensando numa coisa dessa?! Amo você e amo seus pais! Hipótese alguma os abandonaria! Nem eu, nem seu avô!

_ Mas vovó... é que...

_ Fala, meu amor!

_ E se você me chamar de louca, vovó?! Se não gostar mais de mim também?! Se eu for embora e não voltar mais te ver?!

_ Amor! Preciso entender o que está acontecendo! Vovó, precisa que explique com calma e sem medo o motivo de ter medo de afastarmos de você!

_ Promete que não fica brava?!

_ Prometo! Não importa o que seja! Pode ser o que for, não vou ficar brava com você!

_ Eu... eu preciso encontrar uma Fruta da Verdade para você voltar a ser amiga dos meus amigos!

_ Como?!

_ Sim, vovó! Eu conheci três irmãs muito legais, conheci uns amigos e uma coruja muito, mas muito grandona que gosta de fazer chá! Conheci o Reino das Margaridas, Tombo da Alegria e o Reino do Gelo. Eles me contaram que te conheceram e ficaram amigas de todo mundo. Mas, por eles não terem encontrado a Fruta da Verdade, você não quis mais ser amigo deles. Estavam muito tristes...

_ Espera! Estou um pouco perdida aqui...

_ Sabia que ia ficar brava!

Lurdes começou a chorar e Caroline correu para a abraçar e tentar acalmá-la. Mesmo assim, ela estava em choque. Então não era um sonho que tinha acontecido?! Tudo foi real e agora sua neta está provando para ela o que foi vivido realmente aconteceu?! O tempo do choro era o tempo em que ela estava tentando entender o que realmente estava acontecendo ali, tantos anos depois.

_ Meu amor! Eu não estou brava com ninguém, muito menos com você! Eu só fiquei surpresa! Eu não sabia! Quero dizer! Eu achava que eu tinha ficado doida e...! Amor, na verdade eu não sei explicar! Bem! Conheceu o Hood?!

_ Sim, vovó! Ele toca flauta!

_ Isso! É real! Eu achei que não era! Mas você falando agora, sim, era tão real! Sabe, minha querida, eu fiquei triste quando fui lá, perdi alguém que amava muito e era minha vó. Tinha o mesmo nome que o seu! Eu tinha acabado de vir de lá, de onde você foi! Como eu fiquei muito triste e minha vó tinha visitado e sido amiga deles, eu tinha prometido que voltaria com ela. Eu não podia cumprir mais minha promessa e então me fechei. Fiquei em luto por muito tempo e, talvez pela depressão, eu nunca mais consegui voltar. Não os abandonei! Eu só não acreditava mais em mim! Foi um grande erro meu!

_ Então não vai me abandonar também?! Juro que procuramos em todos os lugares a Fruta da Verdade! Ficamos todos procurando para eu poder te dar e você fazer as pazes com todo mundo.

_ Meu amor! Não preciso da Fruta da Verdade para amar vocês. Eu só perdi a fé em mim mesmo e não no amor e na amizade.

_ Queria tanto te dar uma Fruta da Verdade...

_ Vem aqui comigo, meu amor!

Lurdes seguiu sua vó até a cozinha e então sua vó a ajudou a se sentar na cadeira e ela ficou apoiando os bracinhos na mesa.

_ Você quer encontrar a Fruta da Verdade?!

_ Quero! _ Falou Lurdes com entusiasmo.

_ Então, não precisa mais se preocupar com isto! Aqui está uma Fruta da Verdade! _ Caroline mostrou uma maçã que ela pegou da fruteira.

_ Vovó! Isto é uma maçã!

_ Eles te falaram que eu encontrei a Fruta da Verdade lá no reino?!

_ Sim! Que ajudou as rainhas a ficarem amigas de novo com a Fruta da Verdade!

_ Então, acredite em mim! Esta é a Fruta da Verdade!

_ Você trouxe a Fruta da Verdade para cá?! Por isso que ninguém encontra lá!

_ Não, meu amor! Qual fruta você mais gosta?!

_ Banana!

Caroline pegou uma banana no meio de uma penca que também estava na fruteira.

_ Aqui está sua Fruta da Verdade!

_ Como assim, vó?!

_ A Fruta da Verdade é o que procuramos, amor! Quando nos forçamos demais para encontrar uma coisa, ela sempre estará distante. Quando apenas sabemos que vamos ter e esperamos na paciência e no amor, teremos o que queremos. Todo nosso desejo é uma semente que transformará, cedo ou tarde, em uma fruta.

_ Por que então não conseguimos uma banana lá no reino deles?!

_ Pelo motivo deles não acreditarem que são dignos de ter uma Fruta da Verdade! Eles acreditam que precisam de uma pessoa especial para darem a eles uma coisa que já é deles.

_ Eu não entendi, vovó!

_ Veja, meu amor! Você respira todo o momento e nem se percebe que está cercada de ar! Sabe quando você se preocupa em achar o ar?! Quando este lhe falta. Por exemplo, se ficar muito tempo embaixo da água numa piscina, você vai querer desesperadamente o ar, porque naquele momento, este parece faltar! O mundo está cercado de ar! Se nos preocuparmos com a falta de ar, é quando precisamos desesperadamente dele.

_ Então eles precisam desesperadamente da Fruta da Verdade?!

_ Mais ou menos! A explicação do ar foi para você entender o básico. Eu e você somos amigas, não somos?!

_ Sim! Melhores amigas para sempre!

_ Isto, meu amor! Amigas para sempre! Então, não precisamos de nada para justificar ou confirmar nossa amizade. Se não confiássemos que fôssemos amigas de verdade, precisaríamos de alguma coisa para provar que somos, como uma pulseira, um anel, um documento assinado ou ritual para provar que somos amigos.

_ Que chatice! Quero fazer estas coisas, não!

_ Eu também não quero! Quero ser sua amiga de verdade para sempre, como você quer ser minha amiga. Lá no reino, eles foram criados a entender que a amizade tem que ser provada todo momento. Por isso, pessoas como minha vó e outras Lurdes da família que foram lá, sempre foram vistas como pessoas super especiais por entregarem amizade sem pedir nada em troca. Apenas amava ser amiga deles. Eles não conseguem ver esta simplicidade e a Fruta da Verdade é a forma deles dizerem que querem o que acham que é difícil ter.

_ Nossa, vovó! Que complicado!

_ Eu tenho culpa nisso, meu amor! Eu estava ensinando-lhes o sabor doce da amizade e, de repente, sumi. Não dei satisfação ou argumentei sobre minhas dúvidas e medos e isto fez eles acreditarem mais na crendice de que amizade é difícil.

_ Eu também acreditei que podia te perder, vovó!

_ Sim, amor! Você foi influenciada pelo medo e crença dos outros. Isto é comum aqui onde moramos também, no nosso reino! Temos medo! Achamos muitas vezes que amar é difícil. Obrigamos as pessoas a provarem todo momento que nos amam. Sufocamos todo mundo com o medo de perder. Por isso que existe tanta guerra e tanta desavença. Não somos tão diferentes deles.

_ Como podemos ajudar?!

_ Amor! Só de você ter ido e se preocupado com eles, já está os ensinando de alguma forma. Graças a você, eu também percebi que estava errada e que falhei com pessoas que gostam de mim.

_ Eu sou uma heroína?!

_ A melhor de todas as heroínas. A mais poderosa delas!

_ Então! É que, na verdade, tem mais uma coisa que estava triste e estava com vergonha de dizer. Como eu dei a ideia de procurarmos a Fruta da Verdade para você voltar a ser amiga deles, foi o que eu pensava, dei a ideia de todo mundo procurar. O Senhor Urso Panda sumiu e ninguém consegue achá-lo.

_ Nossa! Coitado do Senhor Urso Panda!

_ Sim, vovó! Culpa minha! Ele é bem esquecido e aí eu dou esta ideia horrível: nós o perderemos. Ele me chamava de Macaco Sem Pelo e eu odiava isso. Mas ao ver o Senhor Gorila, que toda vez que falava comigo eu me assustava, aí não liguei muito em ser chamada de Macaco Sem Pelo. Caso eu fique tão forte como o Senhor Gorila, vou ser invencível.

_ Ele também me chamava assim! Ele não fazia por mal, é que ele não lembrava o nome da gente. Será que ele não está no meio do bambuzal?! A Rainha Luz disse que tinha um monte lá com várias camas para, caso ele se perdesse, não ficar dormindo no chão.

_ Não sei, vovó! Eu falei que vinha aqui para não preocupar ninguém e depois voltava para ajudar a procurar de novo. Estou muito preocupada com ele.

_ Você é um anjo! A Zebra e a Onça devem achá-lo rapidinho, elas são muito rápidas.

_ Eu andei nas costas delas! No começo, eu fiquei com muito medo, mas logo ficou divertido.

_ Saudade de todo mundo! Conheci muitos de lá e tinham até cigarras músicos.

_ Tem saudade do Fofinho e do Doze?! Eles disseram que eram seus melhores amigos.

_ Eles estão lá?! _ Caroline quase caiu da cadeira pela surpresa.

_ Não sabia, vovó?!

_ Nunca soube! Nossa! Quanto tempo perdi!?

_ Fofinho vive comendo e o Doze conhece todo mundo lá do reino. Ele que me leva para apresentar as coisas. Me levou para conhecer o Tombo da Alegria, Reino do Gelo, Reino das Margaridas, Rio Melado, Rua dos Bobos, os castelos, andei no Expresso Centopeia e muitos outros lugares.

_ Que arrependimento de ter ficado com medo de viver isto, de parecer ser louca e de me preocupar com o que iam pensar de mim. A imaginação é a coisa mais poderosa do mundo, sem dúvida.

_ Vai comigo visitar eles, vovó?! Assim, você nos ajuda a achar o Urso Polar e vamos andar de Expresso Centopeia. Vamos apostar corrida e eu monto na Zebra e você na Onça. A Rainha Treva adora brincar de esconde-esconde, mas, às vezes, ela fica brava quando demora a encontrar alguém e depois logo ela volta a sorrir quando a abraçamos. A Cigarra perdeu a baqueta dela e disse que só você sabe onde encontrar as melhores baquetas.

_ Sem dúvida, eu vou com você, querida! Sinto que tenho sua idade agora! Esta alegria toda tem culpados, a culpa é da Lurdes e da Fruta da Verdade! Vocês me libertaram dos meus receios. Só que tem um problema, você terá que me ensinar como ir porque não lembro mais como faz!

_ Te ensino, vovó! Mas e o vovô?! Vamos levá-lo também?! Não sei se meninos podem ir!

_ Claro que podemos levar o seu avô! Tenho certeza de que ele vai adorar! Só que precisamos ensinar seu avô a usar a imaginação, que ele é bem fraquinho nisso! Temos que ter muita paciência com ele. Depois de ensinarmos ele, aí tentamos ensinar seus pais. Devia ter tentado ensinar minha mãe e depois o meu pai. Tenho certeza de que me dariam forças para voltar a visitar este lugar maravilhoso.

_ É difícil usar a imaginação, vovó?! Eu não sei se conseguiria ensinar alguém!

_ A dificuldade de acreditar na imaginação é a mesma de achar uma Fruta da Verdade! Todo mundo pode achar, agora, nesse momento e neste instante, que provar para si mesmo que pode tudo é o que seria o segredo da imaginação! Porém, quando acreditam que o poder e o milagre estão fora delas e precisam que alguém ou alguma coisa tem que lhes dar, então, nunca conseguirão ver uma Fruta da Verdade ou usar a imaginação para criar o que quiserem! Tem que simplesmente se permitir ser!

_ Entendi! Então, meu desejo é que todos tenham a Fruta da Verdade!

_ O meu também, Lurdes! Talvez juntas consigamos fazer isto acontecer! Todos conseguirão a Fruta da Verdade e se libertarão das próprias prisões.

_ Vamos, vovó!? Está preparada para uma aventura?!

_ Estou sim, minha querida neta! Com você, eu tenho uma fonte ilimitada de poder.

_ Estou muito contente de estar comigo, vó! Amigas para sempre!

_ Amigas para sempre! Perdi muito tempo acreditando numa realidade que não existe! Por favor! Ensine-me a ser uma criança feliz novamente!

Fim.

A vovó Caroline com sua netinha Lurdes prontas para novas aventuras

Paulo Henrique Shadow

Nascido em São Paulo, Capital, nos anos 80, Paulo Henrique Shadow morou na periferia da grande cidade, mais precisamente em Penha da França, na Zona Leste, e Vila Velho, na Zona Sul. Na idade escolar, foi morar com a mãe na cidade paulista de Campinas, onde estudou e cuidou da irmã mais nova. Já na adolescência todos foram atrás de novos rumos e desafios e partiram para Minas Gerais, mais especificamente, Ouro Fino.

Foi aqui nesta pequena cidade do Sul de Minas que deu continuidade ao estudo e se formou em Processamento de Dados, jornalismo e em Administração. Os estudos continuaram e vários trabalhos foram surgindo no decorrer da fase adulta. Descobriu no design gráfico sua vocação para elaborar, criar e fazer "arte". Com isto já se passaram 20 anos dedicado a diagramação e ao webdesign.

Porém, a literatura é a sua maior paixão. Desde a adolescência começou a rabiscar suas primeiras linhas e não parou mais. Escreveu alguns livros, cerca de 21 no total, muitos misturando ficção, filosofia, música, poesia, religião e realidade.

O primeiro foi publicado em 2013. Depois disto, muitos outros vieram na esteira. Em 2017 se torna o primeiro negro a ser aceito na Academia Ouro-finense de Letras e Artes, ocupando a cadeira de número 4.

Arte Finalista e Design Gráfico domina Corel Draw, Indesign, Photoshop, Illustrator, Premiere e outros.

Colunista na Gazeta de Ouro Fino, no site Raça em BH, Porteira Rádio Web e outros.

Trabalhou como modelo, foi ator de teatro e faz fotografia com hobby.

Já foi líder de Associação dos Moradores do Bairro do Alto em Ouro Fino (AMBA), da Associação Afro de Ouro Fino, do Filhos do Amanhã e Projeto Despertar.

Criador da Porteira Rádio Web e dono da Agência Resolução Digital Propaganda & Marketing.

Escreveu peça de teatro e letra de música.

Palestrante.

Criador do Projeto Choque Cultural da cidade de Ouro Fino.

Outras obras do Autor

Livro 1 - Despertar

Livro 2 - Influência Perigosa

Livro 3 - O PH da Sedução

Livro 4 - Propaganda & Markting

Livro 5 - Deus Existe?

Livro 6 - Ninho da poesia

Livro 7 - Os Visitantes - 1º Edição

Livro 8 - Canto triste da Fênix

Livro 9 - Mundo em Choque - Texto RPG

Livro 10 - Influência Perigosa II

Livro 11 - Dominatrix

Livro 12 - O Escravo

Livro 13 - Solilóquio

Livro 14 - Conversa com a Morte, Roteiro para Teatro

Livro 15 - As Crônicas do Menino da Porteira

Livro 16 - Jambo

Livro 17 - Poesia canto novo da Fênix

Livro 18 - Conto de Ouro; Contos Biográficos não autorizados de Shadow

Livro 19 - Mistérios de Encantados (Anterior ao Tempo de Vingança)

Livro 20 - Tempo para vingança (Anterior a Última Jogada)

Livro 21 - Última Jogada (Último livro da coleção de Encantados)

Livro 22 - Preso no Tempo

Livro 23 - Meus motivos

Livro 24 - Afro Brasileiro - religião, religiosidade e folclore